LA GALERÍA DE LAS PESADILLAS

EMMANUEL HERNÁNDEZ

ola
PUBLISHING
INTERNACIONAL

Hola Publishing Internacional
Eugenio Sue 79, int. 4, 11550
Ciudad de México

Primera edición, Enero 2023
Impreso en los Estados Unidos de América
ISBN: 978-1-63765-355-5

Hola Publishing Internacional es una empresa de autopublicación que publica ficción y no ficción para adultos, literatura infantil, autoayuda, espiritual y libros religiosos. Continuamente nos esmeramos para ayudar a que los autores alcancen sus metas de publicación y proveer muchos servicios distintos que los ayuden a lograrlo. No publicamos libros que sean considerados política, religiosa o socialmente irrespetuosos, o libros que sean sexualmente provocativos, incluyendo erótica. Hola se reserva el derecho de rechazar la publicación de cualquier manuscrito si se considera que no se alinea con nuestros principios. ¿Tiene una idea para un libro que quisiera que consideremos para publicación? Por favor visite www.holapublishing.com para más información.

A mi familia y amigos.

Gracias por todo.

ÍNDICE

EL OJO   9

CILBANA   54

ABIERTO TODA LA NOCHE   74

EL PERRO EN LA BASURA   82

¿QUÉ PASÓ?   104

SOLO   107

UN ÁNGEL OSCURO   108

HISTORIA DE UN ESPEJO   111

EL HADA DE LOS DIENTES   115

NOTAS   125

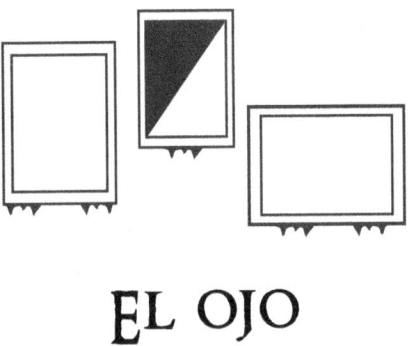

EL OJO

Su hija había fallecido hace casi tres semanas.

Y lo último que esperaba era tener que volver a leer su diario, no quería hacerlo, y no solo porque le causara dolor leer las palabras que su amada Helen había escrito en sus momentos finales, sino porque realmente le aterraba tener siquiera que mirar ese maltratado y destartalado cuaderno.

Pero no solo había tenido que leerlo de nuevo, sino que, además, ahora debía hablar sobre ello con el loquero que había llevado el caso de su hija durante los últimos días.

— ¿Lo leyó de nuevo? — Preguntó el psiquiatra, pero el hombre no respondió, se encontraba absorto en sus propios pensamientos, en sus propios recuerdos.

Recuerdos de su hija, su amada Helen, su princesa, la que había sido parte del cuadro de honor de su escuela, la misma que fue considerada como un prodigio, con el mejor promedio de su generación, pero que había caído en una horrenda espiral autodestructiva que parecía no tener explicación alguna.

Excepto por su diario.

— ¿No me oyó, señor Star? —Repitió el Médico, sacando al hombre de sus reflexiones.

— ¿Perdón? — preguntó el hombre, un tanto desconcertado, como si no recordara donde estaba.

— Le he preguntado si ha vuelto a leer el diario de su hija, señor Star— respondió el médico con paciencia — ¿Lo hizo? ¿Leyó el diario de Helen?

El señor Star, dio un profundo suspiro, cerró los ojos y respondió:

—Sí, doctor, sí lo leí.

— ¿Y bien? ¿Qué puede decirme?

El hombre abrió los ojos, levantó la vista y miró al médico que yacía sentado al otro lado de su pulcro escritorio de caoba, dio otro suspiro y respondió:

— Puedo decirle que pierde su tiempo, doctor.

El psiquiatra se reclinó en la silla mientras cruzaba los brazos y alzaba una ceja en expresión de completa perplejidad.

— Sé que usted y sus colegas esperan encontrar en ese diario alguna pista de lo que pudo haber inducido a mi hija a terminar con su vida así, pero…

El hombre interrumpió sus palabras, no quería seguir hablando de su hija muerta, y mucho menos de ese diario. ¡Ese maldito diario! Volvió a tomar aire y continuó.

— Ese cuaderno no tiene nada. Al menos, nada que pueda ser de utilidad para ustedes.

El psiquiatra adoptó un semblante de decepción mezclada con lástima.

— Escúcheme, señor Star, sé que esto es algo muy doloroso para usted y no voy a fingir que sé cómo se siente. Tiene que entender que debe colaborar con nosotros. Sólo queremos ayudar, para que lo que sufrió su hija no pueda pasarle a ningún otro muchacho de su edad — el médico tomó aire. — Necesitamos saber lo que pasó, por ello le encargué leer nuevamente el diario. Usted la conocía mejor que cualquiera. Necesitamos cualquier pista para catalogar su estado mental.

El señor Star se levantó de pronto y su semblante cambió por completo.

— ¿Estado mental? — exclamó molesto. — ¿Qué significa eso? ¡Mi Helen no estaba loca, doctor!

— Cálmese, por favor, yo nunca he dicho eso...

— Pero estoy seguro que lo pensó — interrumpió.
— Seguramente eso es lo que piensan usted y sus colegas,

por eso no la dejan descansar, por eso me pidió que leyera otra vez ese, ese...

El padre de Helen no pudo terminar su frase, se dejó caer nuevamente sobre su asiento y comenzó a llorar. Había estado evitándolo. No quería mostrarse inseguro frente al psiquiatra, pero no pudo reprimirlo. La herida todavía era muy reciente, y el haber leído ese diario no ayudaba para nada. No, no lo hacía.

— Está bien, no pasa nada, señor. Sé que no es fácil —dijo el médico en tono paciente y comprensivo. — Pero debe escucharme: nadie, ni mis colegas ni yo, creemos que su hija estuviese loca. ¿Le queda claro?

El señor Star miró al doctor. Ya no lloraba, sólo sollozaba.

— Pero no puede negar que algo sucedió en la psique de su hija en sus últimas semanas de vida, algo grave, lo sabe porque es su padre y la conocía mejor, y al igual que yo, leyó el diario. No podremos saber lo que le ocurrió si no coopera con nosotros.

El hombre se enjugó con el dorso de la mano las últimas lágrimas y suspiró de nuevo.

— Está bien, cooperaré con ustedes, les diré cualquier cosa que pueda ayudar al caso de mi Helen.

La boca del psiquiatra se tornó en un pequeño, pero perceptible atisbo de sonrisa. El señor Star lo notó y se puso serio.

— Pero con una condición, doctor.

— Pues usted dirá, señor.

El padre de Helen Star adoptó una expresión de temor absoluto y definitivo.

— No quiero tener que volver a ver ese diario, ¿entendido? Si me piden que vuelva a leer lo que está escrito ahí, renunciaré y no volverán a saber de mí, ¿está claro?

El terapeuta se encogió de hombros.

— Por supuesto.

El señor Star salió del consultorio sin decir nada más, ni siquiera aceptó despedirse de mano del psiquiatra. Llegó a su casa y al sentarse en el sofá volvió a llorar.

Lloraba en parte por la pérdida de su única hija, la bella Helen Star, pero también lloraba por su propia estupidez, ¿Cómo no pudo verlo? Ese loquero tenía razón: él era su padre y debería conocerla mejor que cualquier otra persona. Debería haber notado que su hija no estaba bien ¿Por qué no lo vio?

Y, aunque nunca lo aceptaría, también lloraba por ese viejo y destripado cuaderno.

Se supone que debía servir como diario de su hija, como confidente y depositario de sus sentimientos. Esa cosa lo horrorizaba, no tanto su aspecto, sino por lo que contenía.

El diario comenzaba con las anotaciones normales de una muchacha y poco a poco terminaba torciéndose en una serie de paranoicos delirios, un lío indescifrable de párrafos compuestos únicamente de números y letras escritos al azar.

Todo eso le helaba la sangre.

Esperaba poder ayudar a los loqueros, a descubrir qué le había pasado a su hija, pero muy en el fondo dudaba que pudieran hacer algo. Lo dudaba con toda su alma.

Lo que usted está a punto de leer es la trascripción exacta de las anotaciones que Helen Star depositó en su diario, un cuaderno de cien hojas de cuadro chico que le fue regalado por su padre, y donde estuvo escribiendo cerca de tres meses antes de su muerte.

Cabe señalar que Helen no escribía de manera periódica en este diario, a menos que ocurriese algo de importancia significativa en su día, lo que explica los saltos de tiempo entre anotaciones.

Se espera que al terminar, el lector pueda llegar a comprender la sensación que experimentaba su padre al tener que volver a leer estas páginas.

7 DE AGOSTO

Hola, me llamo Helen, mi papá me compró este cuaderno para que llevara un registro de mi día, anotara mis sentimientos y cosas así, y espero hacerlo. Sé que es un poco anticuado, pero creo que así es mejor, me da flojera escribir con el teclado de la computadora.

Lápiz y papel es mejor.

Nah! Creo que la frase "Querido diario" ya está bastante trillada, creo solo anotaré lo que quiera y ya.

Además, no tengo nada importante que decir, es mi primera anotación, ¿qué podría escribir? Hmmmm, bueno, tengo 19 años, mi cumpleaños es el cuatro de febrero, hmm ¿qué más?

Estoy estudiando mi último año de bachillerato, el lunes empiezan las clases.

Ay, no sé qué más escribir. Es la primera vez que llevo un diario jejeje

Ya se me ocurrirá algo.

9 DE AGOSTO

Hola otra vez.

No escribí nada el fin de semana porque... Pues porque no pasó nada interesante, jiji, pero bueno, hoy sí que pasaron cosas interesantes.

Fue el primer día de clases, conocí a mis nuevos compañeros, reconocí a algunos del año pasado. No les hablaba, pero de todas formas los reconocí.

También, como es costumbre, se presentaron los profesores, por desgracia no hubo ningún galán entre ellos, tan solo un puñado de vejestorios, a quienes parece que no les han accionado el switch del sentido del humor en mucho tiempo.

Pero eso me da igual, yo voy a estudiar, si llego a conseguir novio será un plus.

¿Saben? es raro, la mayoría de las chicas de mi edad, como que tiene una especie de botón en el cerebro que las hace comenzar a platicar con medio mundo durante el primer día de clases, pero creo que ese botón debe estar trabado en mi cerebro, o algo, porque no me dieron ganas de platicar con nadie, sólo me quedé sentadita en mi banca, y esperé a que la clase terminara.

Le platiqué a mi papá hace rato, y dice que es normal, porque no conocía a casi nadie en este nuevo grupo.

Pero bueno, eso es aburrido, voy a hablar de lo interesante.

No me fijé en el reloj, pero creo que eran las once u once y media. Estaba en la explanada del edificio B, esperando a que dieran las doce del día cuando tuve una sensación muy extraña, como si alguien me estuviera hablando, no escuchaba nada, pero, hmm no sé cómo explicarlo, es como cuando sientes que hay alguien parado detrás de ti esperando a que voltees, no sé, fue raro.

Obviamente detrás de mí solo había algunos chicos platicando, ni cuenta se dieron de que estaba allí. Pero lo más curioso fue cuando levanté la vista. Hoy fue un día bastante soleado, pero había una que otra nubecita flotando, y cuando miré, había un grupito de nubes flotando casi, casi sobre mi cabeza, pero eso no es lo interesante: lo interesante era que esas nubecitas estaban en una especie de círculo. Raro ¿no?

Yo nunca le he buscado forma a las nubes, ni siquiera cuando era niña, pero esta vez, sí le encontré. ¿Quién sabe? Pero desde mi punto de vista, ese círculo de nubes parecía un ojo gigante mirando hacia la tierra. ¡Qué loco! ¿No?

Pero bueno, el aire se llevó esas nubes, y el profesor de física llegó para dar su aburrida clase. Cuando terminó la clase de física, ocurrió la tercera cosa interesante del día.

Estaba por salir de la escuela para venir a casa, cuando vi a un chico de lo más raro, no sé. Nunca había visto un chico así, iba completamente vestido de negro, era serio y prácticamente no sonreía, parecía que venía de un funeral o algo así.

Estaba sentado en la jardinera de la explanada, justo donde yo estaba. Cuando pasé junto a él, simplemente me miró fijamente y luego desvió la vista, como si esperara a alguien más.

No quise saludarlo. No es que fuera feo ni nada de eso, pero sí me dio un poquito de miedo. ¿Quién será?

12 DE AGOSTO

Hola. Llevo tres días sin escribir nada, y esto me pareció importante.

Anoche tuve un sueño muy raro.

Soñé que estaba en el patio de la escuela, pero en lugar de cemento, en el piso había un enorme campo de rosas, pero no eran rosas rojas, sino negras como las que se ponen en las cajas fúnebres.

Estaba completamente sola, no se veía nadie, tampoco escuchaba a nadie más.

El cielo estaba completamente despejado, hacía mucho sol y no había ninguna planta o árbol que lo bloqueara, sólo los edificios.

Entonces comencé a caminar, despacio, y procurando no pisar ninguna de esas flores, cuando de pronto, sentí que alguien me tocaba el hombro, pero cuando volteé no había nadie.

Comenzaba a asustarme.

Recorrí los pasillos, hasta llegar a la explanada del edificio B, y de pronto sentí la necesidad de levantar la vista, como el día que vi el círculo de nubes. Sólo que en vez de nubes, en el cielo había un ojo.

Sí, un ojo completo, con párpado, y pestañas, tenía la pupila de un color azul muy parecido al del cielo.

Mucha gente se habría asustado y despertado de inmediato al ver un ojo gigante en el cielo, pero yo no. Por alguna razón, en el sueño no me daba miedo ver ese ojote, sino al contrario, me sentía tranquila, como si ese ojo fuera una especie de guardia o vigilante.

De pronto, del ojo comenzó a brotar una voz muy leve, como de susurro, pero la escuchaba perfectamente como si me hablara al oído y pude entender lo que decía:

"Yo hago las reglas."

"Yo trato con tontos."

"Puedo leer tu mente."

Y ahí fue cuando me desperté. Y ahora sí estaba asustada. No tanto por el sueño. He tenido pesadillas peores. Lo que me asustó fue el hecho de recordarlo todo. Casi siempre, cuando me despierto, los sueños se me olvidan, pero esta vez lo recordé todo, tan bien que pude describirlo en esta hoja.

Pero lo que se me quedó grabado, fue la última frase del sueño, porque se repetía en mi cabeza una y otra vez hasta que me levanté:

"Puedo leer tu mente."

"Puedo leer tu mente."

No tengo idea de lo que signifique, no soy intérprete de los sueños, pero estuvo muy raro, no sé si deba decirle a mi papá.

13 DE AGOSTO

Hola de nuevo. Al fin es viernes y hoy sí tengo cosas que contar.

Primero, decidí no decirle a mi papá sobre mi sueño. ¿Por qué? No lo sé, simplemente no quise hacerlo, y es raro, siempre le cuento todo, prácticamente no había secretos entre nosotros hasta ahora, pero, esto... Me pareció importante, no sé si me explico, como si fuera algo muy íntimo, muy mío, que no lo entendería, como si fuese tan importante, que nadie más debía enterarse. Es extraño. Me siento un poco mal por esconderle cosas a papá, pero bueno, supongo que toda chica debe tener sus secretos, ¿no?

Además fue sólo un sueño, no creo que tenga nada de importante si no le cuento.

Bueno, hoy conocí a una chica muy interesante, se llama Diana, Diana Morameo, nos conocimos en la cafetería de la escuela, durante el cambio de clases.

Por alguna razón ella me pidió permiso para sentarse en la misma mesa que yo, y aparentemente nos caímos muy bien, porque estuvimos platicando un buen rato, hasta que llegó la hora de mi siguiente clase.

¿Por qué es interesante?

Pues resulta que es una de las chicas más populares de la escuela, pero no es sólo eso, también es la campeona del concurso de criptografía que organizan cada año y la novia del quarterback del equipo de futbol americano, el tal Peter Ríos. Y por si todo eso no bastara, ella conoce al chico oscuro del que escribí ayer.

Sí, al parecer, es el hijo mayor de los enterradores del pueblo, lo que probablemente explique su actitud. ¿Quién sería feliz viviendo en una casa fúnebre?

Según Diana, el chico se llama Tom, debe ser extranjero porque su apellido es bastante extraño y difícil de pronunciar.

¿Era Roldaran, Rofrand, Rostizando, Robarán? Bueno, algo así, pero lo más curioso de todo, fue cuando me dijo que ese chico Tom, es también el mejor amigo de un ex novio suyo.

¡Oh, esta chica sí que ha vivido de todo!

Todo iba bien hasta que le pregunté sobre la personalidad de Tom.

Diana se sorprendió repentinamente, parecía alarmada, asustada o ambas, no podría aseguralo.

— No te acerques a él, es extraño— me dijo.

Cuando le pedí que me explicara, si por "extraño" se refería a si era peligroso, o simplemente excéntrico, ella simplemente limitó a contestar:

— Excéntrico es muy poco para describirlo. No es peligroso, hasta donde yo sé, pero te convendría mantenerte alejada de él y de su amigo.

Cuando le pregunté si ese "amigo" del que hablaba era su "ex", ella asintió con la cabeza, pero cuando pregunté por el nombre de su "ex", dijo:

— No hace falta que te lo diga. Lo reconocerás de inmediato si llegas a verlo, él también es...

Diana se detuvo a pensar, como si no encontrara la palabra adecuada.

¡Diferente! — fue lo que exclamó al fin.

El modo en que lo dijo me dio un poco de escalofríos, pero lo pasé por alto, al igual que sus advertencias.

Esta vez, cuando lo vi a la hora de la salida, me armé de valor y le hablé. Nada del otro mundo, sólo un simple "adiós" al pasar junto a él. Tom simplemente se limitó a levantar la mano sin sonreír, parecía como una especie de robot, pálido y vestido de negro. Después me dijo algo, pero habló tan despacio y había tanto ruido, que no entendí nada, no tengo la habilidad de leer los labios, pero creo que dijo:

— No lo escuches.

Diana tenía razón: es extraño.

16 DE AGOSTO

Tuve otro sueño raro.

En éste, estaba en una playa enorme con arena blanca que parecía sacada de una película. El sol brillaba muy intensamente, y sin embargo, no me quemaba, se sentía muy bonito.

No había rastro de árboles, palmeras ni nada. Literal: no había nada. Por un lado, el mar se extendía hasta el horizonte, y por el otro la arena también se extendía hasta donde podía ver.

Y, como en mi otro sueño, también estaba yo sola.

Comenzaba a caminar, el sueño parecía muy real, recuerdo el calor, el sonido de las olas rompiendo, la sensación de la arena pasando por los dedos de mis pies. Recuerdo también que estaba asustada por ser la única persona en esa playa solitaria, cuando de pronto, esa voz, venía desde arriba, volvía a escucharla:

"Estoy mirándote."

"Puedo leer tu mente."

"Yo hago las reglas."

"Yo trato con tontos."

Y cuando volteé, ahí estaba de nuevo, ese enorme ojo de pupila azul, mirándome, como una enorme grieta entre las nubes, ocupando medio cielo, vigilando, observando.

Me dio mucho miedo, pero a la vez sentía una especie de admiración por ese gran ojo, al igual que por sus palabras, esas extrañas frases cuyo significado me era desconocido. Creo que ésa fue la razón por la que junté valor e hice la pregunta que cualquier persona hubiera hecho en tales circunstancias:

— ¿Quién eres?

Su respuesta fue tajante y determinada.

"Yo soy el ojo en el cielo."

"Mirándote."

"He estado mirándote, Helen."

Me asustó que ese ojo supiera mi nombre, recuerdo haber pensado muchas cosas, pero el ojo me interrumpía:

"No dejes que el fuego alcance tu cabeza."

No supe a qué se refería, así que pregunté:

— ¿Qué quieres?

Su respuesta fue igual de desconcertante:

"La verdadera pregunta aquí es: ¿qué quieres tú?"

Recuerdo haber pensado: — No, nada. Yo no quiero nada.

"¡Eso es lo que te dices a ti misma! ¡Eso es lo que le dices a los demás, Helen!" Exclamó de pronto el ojo.

"Pero yo sé la verdad, yo sé lo que quieres."

"Yo soy el ojo en el cielo."

"Puedo leer tu mente."

"Y yo puedo darte lo que quieres. Puedo ayudarte, sólo tienes que escucharme."

La voz de ese ojo era celestial, magnética. Comencé a caminar hacia el mar, como si la voz me llevara. Recuerdo sentirme tranquila, serena, como si nada más importara en el mundo.

Todo era tan real, sentía el agua empapando mis tobillos, luego subiendo por mis muslos, cubriendo mis caderas, subiendo cada vez, más, y más, y más...

"Eso acércate Helen, ven a mí."

"Escúchame, escúchame, yo te daré lo que quieres."

"Yo soy el ojo en el cielo"

Pero justo cuando el agua empezaba a cubrir mis hombros, la alarma del despertador comenzó a sonar terminando bruscamente mi sueño.

Y me pasó al igual que con el otro, pero en esta ocasión fueron dos frases, las que se quedaron resonando en mi cabeza:

"¿Qué quieres tú?"

"Yo puedo darte lo que quieres."

En cuanto me levanté, vino a mi mente otra frase, la que creí haber escuchado de ese chico Tom:

"No lo escuches"

Ah, sí, en la escuela no pasó nada que valga la pena ser anotado.

No he vuelto a ver a Tom.

21 DE AGOSTO

Hola, lamento no haber escrito nada en casi una semana, es que la verdad, no sentía que hubiese pasado nada que pudiese considerarse importante como para escribirse en un diario.

Hoy escribo porque, honestamente, este cuaderno es en realidad el único medio que encontré para desahogarme. Necesito decir esto, y sinceramente, no creo que mi papá entienda lo que estoy por escribir. Lo conozco, y se preocupará, creerá que algo raro me está pasando, que estoy sufriendo alucinaciones o algo así, especialmente si llego a contarle de mis sueños.

Y precisamente, hablando de mis sueños, desde que tuve el del ojo, aquel en el que estaba en la playa, siento que en mi cerebro flota una duda, una pregunta incesante, que siento necesita ser respondida, es extraño, siento como si necesitara que fuese contestada.

Y la pregunta es: ¿Qué es lo que quiero? Sí, desde ese sueño no he dejado de preguntarme eso, y tiene mucho que ver con la voz de ese ojo, es como si sintiera una gran frustración, como si me molestara que ese ojo supusiera qué es lo que quiero y yo no, como si me conociera mejor que yo misma.

No sé qué más escribir, sé que sólo fue un sueño, pero...

Bueno, por más delirante y loco que pueda parecer, a mí no me pareció tanto un sueño. No sé si pueda explicarlo con palabras. Es como si hubiese sido real y al mismo tiempo tuviera lugar dentro de mis sueños, no sé cómo describirlo.

No dejo de pensar en ese ojo, el ojo de mis sueños.

"El ojo en el cielo" así es como se llamó, dijo que podía leer mi mente, y que sabía lo que yo quería. Quisiera saberlo yo también.

El ojo en el cielo, ¿será real? ¿O se tratará sólo de un producto de mi subconsciente? He soñado con él dos veces, pero su voz, la sensación de realidad. No lo sé.

Y francamente, tampoco sé si quiero saberlo.

23 DE AGOSTO

Hola.

Antes que nada quiero decir que estoy muy contenta.

No creo que alguien más llegue a leer esto, porque es mi diario, pero si alguien llega a siquiera intentar leerlo, se topará con una sorpresita nada agradable, jjiji!

26 5201 20161917195209211 520 520215 125146221105 514 3121235, ¿1416 520 75149112?

520215 2119223122716, 135 1216 5142051516 491141, 3161316 311317516141 45 31991721167191791, 491016 18225 520215 20920215131 520 212021114215 5693127 171191 45201792021119 32219916201620.

Me lo enseñó desde ayer.

Pero decidí usarlo hasta hoy, porque antier sorprendí a papá tratando de leer mi diario. Él dice que no, que solo buscaba en mi lapicero una pluma para escribir, pero no le creo. No es que no confíe en él, es sólo que no podía arriesgarme a que leyera y se enterara de todo:

13920 20225151620, 211613, 512 161016 514 512 3951216. ¡2116516!

Dice que estos últimos días he estado muy distante, como callada, fría y que no parezco la de siempre, pero yo le digo que soy la de siempre, que sólo estoy cansada por la escuela y en parte es cierto.

Como ya dije, nunca antes le había ocultado nada, pero cada vez más, siento que esto es sumamente importante, y que si alguien más se enterara sería el fin de todo, y lo que descubrí se perdería para siempre.

Pero vayamos al grano.

Dije que estaba muy contenta, y hay una razón para ello.

Lo que sucede, es que finalmente descubrí lo que el ojo en el cielo trataba de decirme, lo que él sabía y yo no, hasta ahora: qué es lo que quiero.

¿Cómo no me percaté antes? No voy a decir que estaba tan ocupada en otras cosas que no me di cuenta, porque precisamente, fue eso lo que me hizo darme cuenta de lo que el ojo trataba de decirme.

¿Por qué me llamó la atención Tom? ¿Por qué quería darle significado a mis sueños? ¿Qué me llevó a preguntarle al ojo? ¿Por qué quise aprender este lenguaje en clave?

Y la respuesta a todas esas preguntas es la misma, no es simple curiosidad, se trata de conocimiento. Sí, eso era todo, y por fin me di cuenta. Lo que quiero es saber, conocer respuestas, quiero saber más, aprender, mejorar. ¡Eso es!

Dicen que el conocimiento es poder, sí ese es el caso.

¡Quiero ser la mujer más poderosa del mundo!

Al fin lo sé y todo gracias a él.

512 161016 514 512 3951216. 512 135 139191, 512 1722545 125519 139 13514215.

Si tan sólo pudiera volver a verlo, le daría las gracias.

30 DE AGOSTO

Ya sé que no he escrito nada en todos estos días, pero hay una razón para ello. ¡Dios! Pasaron tantas cosas esta semana. No sé por dónde empezar.

Comenzaré, por decir esto, ¡Volví a soñar con él!

512 161016 514 512 3951216.

512 135 139191

512 8135 12120 195712120

512 21191211 31614 211614211620.

Estos sueños se están haciendo recurrentes, y está volviéndose raro, yo nunca he tenido esa clase de sueños.

El martes pasado, cuando regresé de la escuela, estaba tomando una siesta en el sillón de la sala, cuando se me apareció de nuevo.

En esta ocasión no estaba en la escuela, ni en una playa, simplemente estaba en mi casa, y me despertaba. Como en las demás ocasiones, me encontraba completamente sola, pero esta vez, no me asusté para nada.

"Hola Helen"

Saludó de inmediato con esa melodiosa voz. Levanté la cabeza hacia el techo de mi casa y ahí estaba. Ese ojo brillante, de pupila azul, sin párpado, la grieta de las nubes, ahí estaba, en mi casa.

— Hola — saludé.

"Esta es la tercera vez que vengo a ti."

Dijo.

"Veo que ya no me tienes miedo."

Yo simplemente le sonreí. No creo que nunca antes fuese capaz de esbozar una sonrisa tan grande y sincera.

— ¿Miedo? — Le dije— ¿Por qué habría de tenerte miedo?, si tú me ayudaste.

"Te ayudé."

Dijo y no fue una pregunta, hizo una pausa y luego continuó.

"Sí, te ayudé a saber, a entender lo que querías."

— Así es, no sabes lo agradecida que estoy contigo. Creí que nunca volvería a verte porque sólo eres parte de mis sueños.

De repente el ojo soltó una sonora y ruidosa carcajada, tan escandalosa que hizo temblar el piso.

"¿En serio crees que soy sólo un producto de tu mente? ¿Qué he nacido de la interpretación de las ideas de tu sub-consciente?"

Tras esta preguntas volvió a reír aunque, ya no tan rui-dosamente. Y lo que dijo a continuación me llenó de una extraña conmoción y alegría a la vez:

"No Helen, soy real." "Tan real como tú, como tu padre, como ese cuaderno en el que escribes."

Se refería a este diario, y justo cuando estaba a punto de preguntarle cómo sabía de su existencia, comenzó a hablar de nuevo.

"Yo soy el ojo en el cielo."

"Puedo leer tu mente."

Ahí estaban de nuevo esas dos frases, tan musicales, tan oníricas.

—Si eres tan real, ¿por qué sólo apareces en mis sueños? — le pregunté tratando de disimular mi emoción.

"Porque no tengo cuerpo."

Respondió.

"Soy un ser de pura mente, sólo puedo aparecer en los sueños de las personas."

"Poseo un gran conocimiento y necesito un compañero al cual concedérselo."

Eso último terminó por sorprenderme del todo. El ojo en el cielo, el ojo de mis sueños, quién me ayudó a descubrir qué era lo que quería, no sólo acaba de confesarme que era real, sino que también acababa de confesarme lo que él deseaba.

— ¿Y crees que yo soy ese compañero?

"No sólo lo creo, lo sé."

Respondió de inmediato.

"Eres de los pocos que saben lo que realmente quieren, Helen." "Tú quieres conocimiento, tú quieres saber, quieres trascender." "Y yo necesito alguien a quien entregárselo."

De repente sentí como si un millón de alfileres se clavaran en mi cabeza. Al principio fue doloroso, una sensación de brutal y desgarrador dolor se apoderó de mi cráneo, sentí como si mi cabeza fuese a explotar de un momento a otro. De repente, sólo por instinto y tratando de sobreponerme a mi agonizante dolor, dije:

— Tú puedes darme lo que necesito, tú puedes ayudarme.

"Así es" dijo el ojo "yo puedo, sólo yo puedo."

"Sólo tienes que venir a mí Helen, acércate, yo tengo la solución, yo tengo lo que quieres."

El dolor de cabeza comenzó a remitir.

Una enorme y cegadora luz blanca comenzó a brotar desde el ojo, y sentí cómo todas mis dudas se despejaban, como si cualquier pregunta pudiera ser contestada.

Avancé hasta quedar bajo la destellante luz del ojo, y mientras lo hacía, no dejaba de escuchar esa melodiosa voz:

"Eso, acércate, Helen, ven a mí."

"Yo soy el ojo en el cielo."

"Puedo leer tu mente."

"Y yo puedo darte lo que quieres, puedo ayudarte, sólo tienes que escucharme."

"Escúcheme, escúchame, yo te daré lo que quieres."

— Sí — dije — Tú me darás lo que quiero.

Y esta vez, mi despertador no sonó, y esa poderosa luz me envolvió completa.

Entonces desperté, seguía en la sala de mi casa. No tengo idea de cuánto tiempo pasé dormida, pero no debió de ser mucho.

De pronto, me invadió una extraña sensación, que me duró varias horas. Ahora ya sabía. ¿Qué sabía? No tenía idea, hasta que empecé a hacer mi tarea. Eran unos problemas de cálculo. A mí nunca se me habían dado las matemáticas, pero en cuanto terminé de leer el primero de mis problemas, de inmediato a mi mente llegó la manera de resolverlo. No sé, fue como si mi cabeza conociera la respuesta, y me pasó lo mismo con los demás problemas.

Pero lo mejor llegó al día siguiente, entregué mi tarea, por supuesto, y todos los problemas estuvieron resueltos correctamente. ¡Hasta el profesor incluso me felicitó!

Pero eso no fue todo, también tuvimos examen sorpresa de física, y al tener la hoja en mis manos, de inmediato llegaron las respuestas a mi mente. ¡Fue increíble! Era como si ya lo supiera todo de anticipado. Fui la primera en terminar y la primera en salir. ¡Estaba contenta, plena y feliz!

Y así pasó toda la semana, pregunta que me hacían sobre cualquier tema, yo respondía. ¿Exámenes sorpresa? El conocimiento llegaba a mi mente. ¡Respuestas, respuestas, y más respuestas! Y yo las tenía.

¡Ah! No tengo idea de lo que sucedió, pero es increíble. No estoy segura si ese ojo es real, necesitaré confirmarlo. De lo único que estoy segura es que finalmente tengo lo que quiero.

4 DE SEPTIEMBRE

Perdón por no escribir antes.

No sé cómo expresarlo, perdón, no encuentro palabras.

Él es increíble, él es asombroso, es tan sabio, tan genial, él sabe lo que quiero, él tiene las respuestas.

No puedo creerlo, ¿Cómo pude vivir sin él?

El conocimiento, el poder, la sabiduría.

Cada vez que miraba al cielo ahí estaba, ese ojo, el ojo en el cielo, mirándome, cuidándome, con su pupila azul, su luz preciosa, indescriptible, llena de respuestas.

Él me dio el conocimiento, le estoy eternamente agradecida.

512 520 512 161016 514 512 3951216.

Mi ojo. También puedo conversar con él, puedo verlo en mis sueños, me cuenta secretos, yo le cuento anécdotas.

Es como un amigo que siempre está conmigo.

261 2095142116 18225 1216 14161916.

Ojo

11 DE SEPTIEMBRE

Me pasó algo horrendo.

Estaba soñando de nuevo, pero no con él.

Esto, literalmente, fue una pesadilla.

Este era un sueño diferente, estaba en un gran campo de trigo, en pijama, descalza, era de noche y andaba entre espigas, podía sentir la tierra y los restos de hojas en el suelo. De repente me quedaba quieta, como si algo me hubiera llamado la atención.

Recuerdo haberme sentado en el suelo, y ahí me quedaba, oculta, esperando, como acechando, pero ¿a quién?

Pasaban varios minutos, todo parecía desierto, hasta que una pareja de novios pasó junto al trigal.

Lamento mi pésima caligrafía, me tiembla la mano al escribir, me da escalofríos acordarme, la sensación… los gritos…

Los tórtolos caminaban abrazados, y de vez en cuando se daban tiernos besos, y ella recargaba su cabeza en el hombro del chico. Eso debería parecer tierno, pero para mí no lo era.

Yo seguía sentada, y súbitamente comenzaba a invadirme una sensación asquerosa. El ver a aquella pareja, me llenaba de rabia, de repugnancia, no sé por qué.

Mis ideas estaban partidas en dos, como si tuviera un solo ojo. ¡No! Es decir, un par de ojos, pero dos cerebros, y cada uno interpretaba de manera diferente lo que veía.

Una parte de mí, veía a unos enamorados demostrándose afecto, amándose incondicionalmente, dos amantes paseando por el campo en una romántica noche de verano.

Sin embargo estaba la otra parte. Una, cuya razón estaba bloqueada por una espantosa necesidad de dolor, esa parte simplemente veía a una pareja de animales, un par de mamíferos en celo, ensalivándose, una pareja de grotescas ratas a punto de aparearse.

Simplemente actué.

Salté del trigal y me lancé sobre las pantorrillas del chico, lo derribé. ¡Jamás creí tener tanta fuerza!

Y ya en el suelo, me senté sobre su pecho, y lo comencé al golpear…, simplemente a golpear, golpear y golpear.

Una intensa furia, se había apoderado de mi cabeza y me obligaba a descargar mis puños contra su cara. ¡Como si aplastara una cucaracha!

Intentaba controlarme, ordenar mis ideas, pero en el fondo sabía que era una causa perdida.

De inmediato un líquido cálido y viscoso me llenó la cara, brincó en una grotesca explosión que manchó mis mejillas y mi pijama.

Comenzó a brotar mucha sangre, y con cada golpe brotaba más, y más sangre. Comenzaba a notar cómo su piel y su carne se ablandaban con cada golpe, era espantoso, el sonido me recordaba al que hacía el carnicero cuando aplanaba los bistecs.

Recuerdo que también escuché los gritos de horror de su novia antes de echarse a correr. Los gritos me ponían más furiosa todavía. Me volví hacia a ella, no pensaba dejarla escapar.

Dejé al novio y me lancé contra ella. Ella me llevaba ya mucha ventaja, pero de algún modo, logré alcanzarla. ¡No creí que una persona pudiera correr tan rápido!

¡No sé cómo puedo recordarlo! Últimamente recuerdo muy bien cada cosa.

Y por eso me dan escalofríos recordar los alaridos de horror de la chica, despavoridos chillidos de una mujer invadida por el pánico. Una chica, cuya velada había sido interrumpida por una retorcida y extraña criatura.

¡Gritos y gritos!, que yo sabía, eran inútiles.

Extendí mis manos como si fueran las horrendas garras de algún animal salvaje, que se preparaba para otro ataque...

Abrí el ojo. ¡Digo, los ojos! Justo antes de alcanzarla.

Estaba más que aterrorizada, sudaba como la tapa de una maldita olla exprés, mis sábanas estaban completamente empapadas.

Podía sentir los fuertes latidos de mi corazón en cada parte de mi cuerpo.

Fue espantoso.

Pero eso no fue lo peor.

Me tomé varios minutos para calmarme y despejar mis ideas.

Cuando finalmente lo logré, pensé lo que la mayoría piensa cuando tiene una pesadilla:

"Menos mal que todo fue un sueño."

Eso creía hasta que traté de levantarme. ¡Dios, la sensación fue brutal!

Mis músculos estaban acalambrados, me dolían demasiado, mis piernas, mis brazos. El dolor era insoportable, no sé si pueda describirlo, era como el dolor que te da cuando haces mucho ejercicio por primera vez, pero multiplicado mil o, quizá diez mil veces más.

No pude evitar soltar un grito de dolor.

Mi papi llegó de inmediato alarmado por mi grito y me preguntó qué pasaba. Yo le dije simplemente, que me había dado un calambre, y me dolía un poco la cabeza, pero que estaba bien.

Era mentira, desde luego.

Él me regañó por asustarlo de esa forma, pero me dijo que traería algo para el dolor. Me dio un beso en la frente (tengo 19 años y no se le quita esa costumbre), y salió de mi cuarto, por primera vez en quién sabe cuánto tiempo, me alegré de que se fuera.

Sé que suena feo, porque yo lo quiero mucho, pero es la verdad.

Una vez sola, traté de dormirme, para poder verlo, necesitaba verlo, quería contarle mi sueño, pero fue inútil, el dolor era demasiado fuerte.

Permanecí en mi cama hasta que mi papá llegó con unas pastillas y un vaso de agua, un par de minutos después. Me tomé las pastillas, sólo para ver si ayudaban al dolor de mis músculos.

Estuve en mi cama casi todo el día y parte de la tarde, hasta que el dolor de mis músculos fue remitiendo. Afortunadamente fue sábado y no hubo problema.

El problema vino cuando finalmente puse un pie fuera de la cama. Sentí otra horrenda punzada de dolor, menor que la de mis brazos y piernas, pero igual de fea. El dolor provenía de la planta de mis pies, así que miré y... ¡Dios!

Estaban ampolladas, y con llagas, como si... como si hubiera... hubiera corrido descalza sobre tierra seca... ¡Dios mío!

Pero eso no fue lo peor. Lo peor fue mi pijama... por favor... no... estaba... cubierta de manchas... ¡de manchas de color púrpura oscuro!

El color de la sangre seca.

— ¿Fue un sueño! ¿No?— lo único que salió de mi boca

Creo que me desmayé, ¿Quién sabe? Nunca me he desmayado, pero sí he perdido la conciencia.

Cuando desperté pasaban ya de las dos de la tarde. Aún me dolían un poco los pies, pero no lo suficiente como para cambiarme y tirar a la basura esa pijama, sin que papá lo notara.

Me bañé y comí un poco del guisado que hizo papá.

Después regresé a mi cuarto y comencé a escribir esto, en mi diario.

¡Dios mío!

¡Que sólo sea mi imaginación!

¡Que sólo sea una horrenda coincidencia!

¡No! No puede ser. Necesito investigar más. Tiene que haber alguna explicación. Jamás me perdonaría si hice aquellas atrocidades.

¡Por favor, Dios, no!

¿2616 1622122235 512 31614163913951421116?, ¿171619 18225 1416 17225416 19520161l1223519 5202116?

Necesito dormir, debo hablar con él...

17 DE SEPTIEMBRE

1416161616, 491620 13916

2616 1216 8935, 520 23519414. ¡Perdóneme!

Lo pasaron en las noticias.

Dos jóvenes heridos cerca de las granjas en las afueras de la ciudad. Ninguno murió, pero están lesionados de gravedad. La policía dice que pudo ser algún lobo o coyote. Yo sé que no es así.

¡Dios mío! ¿Por qué? ¿Cómo?

Yo estaba en mi cuarto. ¿Cómo puede una persona recorrer más de doscientos kilómetros y regresar?

Necesito respuestas, pero él ya no está ahí

No, ya no veo al ojo. Ya no aparece en mis sueños.

¿4161445 52021120?

512 161016 514 512 3951216

215 14535392116

19 DE SEPTIEMBRE

No sé qué me pasa, desde el día once, me siento muy rara.

No he podido dormir bien. He tenido una semana muy pesada.

Tengo lagunas mentales, se me olvidan las cosas.

No he visto al ojo. Siento como que me está evitando.

Trato de dormir para poder verlo, pero me despierto enseguida.

Cansada. Estoy cansada. Tal vez sea la culpa. No sé cómo lo hice, pero yo lo hice. Dormí en clase.

Maestro me "espulsó", digo expulsó.

Perdóneme, chicos del trigal.

Escribir ya no puedo, sueño mucho.

Dormirme.

Veré ojo.

23 DE SEPTIEMBRE

Creo que estoy más despejada para esta anotación, pero creo que no es lo mejor. La culpa no me deja en paz, ya no lo he visto, desapareció, como ya dije, creo que me está evitando o algo así.

Ya no veo al ojo, pero, en cambio, sí veo, el ojo, digo, los ojos de las demás personas que me rodean, mis compañeros, mis maestros, todos.

Me miran, me juzgan, como si todos ellos supieran algo, como si supieran que yo lo hice.

¡HELEN!, ¡HELEN! ¡TÚ LO HICISTE!, ¡LO SABEMOS!, ¡TODOS LO SABEMOS!

Quisiera ordenar mis pensamientos, sueno paranoica, pero es que últimamente mi cabeza no está muy bien, nada bien.

Creía tener el conocimiento y las respuestas necesarias, pero no los tengo, y creo que el ojo sólo era producto de mi estresada imaginación.

¡Ya no sé qué creer!

Y no lo he visto.

Sigo sin dormir bien, pero creo que dormí mejor que la semana pasada, pero no puedo sacarme de la cabeza a esos pobres chicos. Lo lamento tanto.

¡HELEN!, ¡HELEN! ¡TÚ LO HICISTE!, ¡LO SABEMOS!, ¡TODOS LO SABEMOS!

No puedo sacarme eso de la cabeza.

Ojo.

28 DE SEPTIEMBRE

1311249211 2051 ¿18225 520211 17120114416135?

Vi la noticia de que asaltaron y golpearon a una chica a la salida de la escuela, pasó a plena luz del día. Y yo estaba en mi casa, y la tele en la sala, mi padre lo sabe, me vio viendo la tele en la sala.

Pero entonces ¿por qué tengo las manos entumidas?

¿Por qué demonios no recuerdo lo que estaba viendo?

Tengo lagunas mentales de nuevo.

¿Por qué nadie me vio?

145352092116 19520172252021120 ¿4161445 52021120?

Dondequiera que volteo siento que la gente me está mirando, ellos saben.

¡HELEN!, ¡HELEN! ¡TÚ LO HICISTE!, ¡LO SABEMOS!, ¡TODOS LO SABEMOS!

Necesito ocultar mis escritos con más cuidado. Le preguntaré a Diana, seguramente ella sabe otro modo.

Si alguien más llegara a leer esto...

6 DE OCTUBRE

Wrzmz nv vmhvñl vhgv lgil hrhgvnz wv vmxirkgzwl, szm kzhzwl nfxszh xlhzh sliivmwzh b ml jfrvil jfv mzwrv hv vmgviv, bl srxv glwzh vhzh xlhzh, kvil ml ufv nr rmgvmxrlm, hlol, ol hv, vh oz fmrxz ivhkfvhgz jfv gvmtl.

He visto noticias.

Una señora acuchillada en la puerta de su casa.

B znzmvxr xlm fm xfxsrool vm nr xfzigl

Apalearon a una viejita con su propio bastón saliendo del metro.

B ml gvmtl rwvz wv wlmwv vhgzyz vm vhv nlnvmgl.

Zsliz nrhnl, gvmtl hzmtiv vm nrh mfwroolh ¡y no sé por qué!

¿Qué sucede?

Mi cabeza da vueltas, estoy cada día más paranoica.

No he visto al ojo.

Tengo que verlo, necesito respuestas.

Quiero saber que me está pasando.

Jfrvil hzyvi hr vh ivzo l ml.

Bz ml ztfzmgl oz xfokz.

¡QUIERO SABEEER!

8 DE OCTUBRE

¿491620 13916, 18225 85 853816?

¡VH IVZO!

¡520 2214 1316142021192216!

¡GLN GVMRZ IZALM!

25 DE OCTUBRE

Si alguien más llega a leer esto…

Me llamo Helen Star, cometí un terrible error y no sé qué hacer.

Conocí a un terrible ser, una espantosa criatura que supuestamente me iba a ayudar.

Un ser que creí era mi amigo.

El ojo en el cielo.

Esa cosa me engañó, me habló en sueños, me dijo que me ayudaría a mejorar, que me brindaría las herramientas y conocimientos que necesitaba para trascender...

¡PERO ES MENTIRA!

Ese ojo no ayuda a nadie y no le preocupa nada. Lo único que le interesa, es dolor, sufrimiento y desesperación. No tiene cuerpo físico, así que para poder lograrlo, necesita de un medio, un vehículo, un recipiente a través del cual viajar...

¡Y yo fui ese recipiente!

¡Dios! No sé si existan en nuestro idioma palabras para describir lo aterrorizada que me encuentro en este momento.

Él me utilizó, él puede leer mi mente, todo el tiempo está observando, se apoderó de mi cuerpo mientras estaba débil, obligándome a hacer quién sabe cuántos horrores y aberraciones a personas inocentes.

Es imposible saber cuánto daño pudo causar a mi organismo, pero mi nariz y mis ojos están sangrando mucho.

Es una señal.

Las páginas se están manchando de sangre, estoy empezando a marearme, cada vez me cuesta más seguir escribiendo, me siento muy mareada, debo dejarlo aquí, debo contener la hemorragia antes de perder el conocimiento.

Perdónenme todos, lo lamento tanto...

Ojo

29 DE OCTUBRE

No sé qué voy a hacer, lo veo en todas partes.

Cada vez que miro ahí está, mirándome, juzgándome. Ojo.

No dejo de escuchar su voz en mi cabeza:

"Yo soy el ojo en el cielo."

"Mirándote."

"Puedo leer tu mente."

"Puedo leer tu mente."

¿Jfv sv svxsl? Ojo

30 DE OCTUBRE

Ojo, Maldita sea, no dejo de pensar en él, ahora, siempre que ojo, intentojo escribir, la palabra "ojo" sale escrita automáticamente ojo.

Diablos, ahí está de nuevo.

Ojo

¿Por qué lo escuché? ¡Dios mío! ¿Por qué? ¿Por qué?

Ojo, otra vez llevo días sin poder dormir bien, tengo miedo de que si llego a dormirme ojo, pueda volver a utilizar ojo mi cuerpo, y quien sabe qué ojo pueda hacer con él.

¡Maldito ojo del infierno, me engañó!

¿Z xfzmglh nzh szyiz vmtzñzwl zmgvh wv nr?

31 DE OCTUBRE

Kzkr, gv znl nfxsrhrnl, kvil ml kfvwl wvqzi jfv ovzh vhgl, xivvizh jfv vhglb olxz, ojo, ml hv jfv szxvi.

Esa cosa te hará daño, y yo le di vía libre, yo la dejé salir.

Cada vez se ojo apodera más de mí, de mi cuerpo, de mis sueños, de mi cabeza.

Gv znl kzkr

161016 de noviembre

¡Ojos, ojos, ojos por todas partes!

No dejo de verlos.

Él está ahí, observando, vigilando, cuidando.

Esperando que cometa algún error, y entonces todo habrá terminado.

Él es el ojo en el cielo, y yo fui su instrumento, ojo, su marioneta.

Debe haber una manera ojo de detenerlo, ojo

Antes de que sea tarde, ojo.

LQL de nojobriembre

OJOS, OJO, OJO, EL OJO, EN EL CIELO, OJO ESTÁ AQUÍ, EL OJO, OJO, OJO, EL OJO, PUEDE LEER MI MENTE, OJO, OJO, ÉL ME MIRA, ME VIGILA, ME CUIDA, OJO, EL OJO, ME MIRA, ME VIGILA, ME VIGILA, OJO, EL OJO, EL OJO, ME MIRA, EL OJO, EL OJO, EL OJO, EL OJO...

19 DE NOVIEMBRE

Eso es todo, ya no puedo soportarlo más, lo lamento mucho, traté de resistirlo, de combatirlo, pero es demasiado para mí ojo.

Lo lamento mucho, papi, sé que llorarán, que toda la familia lo hará, pero créanme, por favor, cuando les digo que es lo mejor. Él necesita de un ojo, de un medio, un recipiente, una marioneta, y mientras lo tenga, todos estaremos siempre en grave peligro *ojo*.

Es por eso que tomé esta decisión, *nojo* dejaré que esa cosa le haga daño a las personas, sobre todo a mi familia, ¡no lo haré!

Voy a dejarlo sin medio *ojo*.

¡Maldita sea, no lo escribas! *Ojo*.

Tranquila, Helen, ya casi se termina.

Papaíto, discúlpame, si no encuentras tus navajas de rasurar, las tengo yo.

Discúlpenme, *ojo* el *ojo*, todos, no estén tristes.

Tenía que detenerlo.

Antes de hacerlo debo advertirles.

No confíen en él. Si les habla, ¡no lo escuchen!

Él es el ojo en el cielo.

Él nos mira.

Él hace las reglas.

Él trata con tontos…

¡Dios!…mis muñecas… ya están sangrando…

Dolió más de lo que creía.

Sangre… hay mucha…

Sangre.

Piso.

Ir… tina

Era lo mejor.

Lo detuve.

Adiós.

El ojo ve...

Oigo…

Mi mente…

Puede leer…

Mi mente…

Mente…

mnte

Nmtee

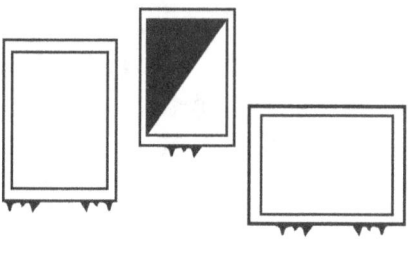

CILBANA

Josh no tenía muchas ganas de asistir. Las reuniones de sus compañeros siempre le parecían aburridas; además él no tomaba alcohol, tampoco fumaba, era lo que muchos considerarían un chico aburrido y poco platicador.

Pero, ante la insistencia de su compañera Cilbana, decidió asistir. A Josh le gustaba ella (¿y a quien no?), pero nunca se habían hablado mucho, sólo eran compañeros de clase. Por ello le pareció raro que Cilbana lo invitara a la parrillada que haría en su casa esta noche con motivo de fin de cursos.

Cilbana era desesperantemente la chica más guapa de su escuela, tenía el pelo castaño, ojos color miel, y un cuerpo firme y curvilíneo de modelo, con una piel siempre bronceada, como la playa; siempre que vestía uniforme de porrista lo que la hacía el blanco de todas las miradas, silbidos y piropos, las chicas por otro lado, se ponían tan verdes como un limón sin madurar. No había manera de describir con palabras a una mujer tan sexy, sensual y voluptuosa como ella.

Y ahora la tenía frente a él, de pie junto a su casillero.

— ¿Si podrás ir?, di que sí, di que sí, anda, anda — preguntaba ella con un entusiasmo casi desesperado.

— Pues honestamente no lo sé — respondió él con un tono muy apenado — no me gustan mucho las fiestas, además no tomo.

— No importa, no necesitas alcohol para disfrutar de una fiesta, además habrá carne, mucha, mucha carne — explicó ella relamiéndose los labios y mostrado una seductora sonrisa que puso a sudar a Josh.

— O...okay, e...está bien iré — exclamó él por fin. La sonrisa de Cilbana además de sus tremendos pechos fue lo que finalmente lo hizo acceder.

— Perfecto, allá te veré, a las ocho, que no se te vaya a olvidar — exclamó ella ensanchando aún más su sonrisa.

— N...no — respondió Josh, más nervioso que nunca.

— ¡Uy, qué rojo estás! — exclamó ella de repente — pareces una manzanita, me encantan las manzanas, son grandes y jugosas.

Le dedicó a Josh un coqueto guiño, dio media vuelta y se perdió en la oscuridad de la escuela vacía. Josh no pudo evitar contemplar aquel maravilloso trasero mecerse de lado a lado mientras se alejaba.

Bueno — pensó el — me invitó a su parrillada, debo ir, no puedo ser descortés, y menos con semejante mujer. Mientras iba en el transporte público rumbo a su casa, no dejaba de pensar. Pensaba en ¿que se pondría?, ¿que llevaría a la parrillada?, ¿quién más estaría invitado? Pero sobre todo pensaba en ella, en Cilbana, en su cuerpo escultural, en su piel bronceada, ¿que se pondría?, ¿cómo estaría vestida?, ¿cómo se vería?; Por su cabeza pasaban toda clase de fantasías, hasta que el autobús frenó en seco sacándolo de sus pensamientos. Entonces vino a su cabeza la última frase que ella le había dicho;

"Me encantan las manzanas, son grandes y jugosas"

La hora se acercaba, Josh estaba bastante nervioso, pero estaba decidido, se había vestido de manera informal con una camisa de algodón negra y un pantalón de mezclilla azul, no hacía falta el abrigo, era una noche cálida. Llevaría unos refrescos y algunos quesos.

La casa de Cilbana era un edificio naranja grande de dos pisos, tenía enfrente un gran portón de hierro color verde, Josh tocó la puerta, quién le abrió fue un señor de baja estatura y cabello algo cano, vestido con un suéter café claro y un pantalón de pana gris.

— Buenas noches — saludó Josh esperando no haberse equivocado de casa.

— Buenas noches joven — saludó el hombre — ¿vienes a la parrillada verdad?

— Si — Contestó Josh un tanto más calmado — creo que sí

— Pues pase joven — lo invitó el hombre sonriendo finalmente.

Si la casa parecía grande por fuera, por dentro lo era aún más, el hombre lo condujo por un pequeño pasillo oscuro hasta la parte trasera de la casa, pasaron cerca de una puerta de madera y llegaron a un amplio patio, era un gran jardín lleno de flores y helechos, y estaba iluminado desde arriba por unas farolas que colgaban desde el techo de la casa; Había dos mesas con manteles blancos y varias botellas encima; frente a la mesa otros dos compañeros de su escuela que él solo conocía de vista trataban de encender el asador mientras una chica, (novia de alguno de ellos, sin duda) esperaba sentada.

—Llegas temprano, siéntate — le dijo el señor — mi hija bajará en un momento, ya sabes cómo tardan las mujeres en arreglarse.

— Sí, Gracias — respondió Josh ya mucho más calmado.

Dejó las bolsas con los refrescos y el queso en una de las mesas y se sentó, no tenía caso saludar, no conocía a nadie, y al parecer, nadie lo conocía a él.

Conforme pasaba el tiempo, los invitados comenzaron a llegar, los otros chicos lograron encender el asador tras media hora de intentarlo, y el padre de Cilbana les informó que podían empezar a beber, mientras el asador se calentaba.

Los invitados comenzaron a tomar, tanto alcohol como refresco y a platicar entre ellos, Josh a pesar de la pena, se decidió por el refresco.

Pasó un rato y finalmente, como suele ocurrir en todas las fiestas, el primero de los invitados, un poco mareado por la bebida, preguntó por el baño, el padre de Cilbana le informó que para ir tendría que entrar en la casa y le indicó donde estaba.

De pronto una turba de silbidos e improperios varoniles comenzó a suscitarse en el jardín, la anfitriona había bajado.

— Hola manzanita — saludó ella

Josh estaba tan entretenido bebiendo su tercer vaso de refresco, que casi se ahoga al ver a Cilbana, se veía espectacular:

Se había soltado el cabello y llevaba unos tenis deportivos blancos, además vestía una entallada playera blanca de algodón, la manga corta con holanes resaltaba aún más sus grandes y turgentes pechos, y una falda a cuadros roja, que hacía que sus largas piernas se vieran aún más atractivas, también llevaba puesta una cadenita de color rojo de la que colgaba una "C" mayúscula de plata, sus labios se veían aún más carnosos de lo normal, pues los llevaba pintados de un brillante rojo escarlata. Josh, como la mayor parte de asistentes masculinos, se había quedado boquiabierto.

—Ya puedes empezar a cerrar la boca manzanita — exclamó ella dedicándole la más sexy de sus sonrisas.

— Lo...Lo siento — dijo Josh bajando la cabeza, lo que provocó algunas risas entre los asistentes cercanos.

— No — dijo ella sonriendo — digo que deberías cerrar la boca, porque la parrillada va a comenzar, — dijo mientras señalaba la puerta de su casa — la carne ha llegado.

De la puerta de la casa salió su padre con una charola repleta de diferentes cortes, que empezó a poner directo en el ya caliente asador, esto provocó una serie de repetidas ovaciones entre los hambrientos invitados, de inmediato comenzaron a hacer fila esperando su ración.

A todos se les sirvió un pedazo y el barullo de los asistentes cesó un rato. Mientras disfrutaban de su cena, se reanudaron las expresiones de gusto y deleite.

Josh tardó casi diez minutos en probar la carne y otros diez tratando reconocer su sabor, no estaba muy seguro si era cerdo o res, tenía una sazón peculiar. No estaba seguro.

En ese momento llegó otro cargamento de carne para continuar con la parrillada, que fue recibido con otra serie de vítores y ovaciones.

Esta vez la carne le supo diferente a la primera que había probado, está sabía más como a puerco, pero con ligero parecido al pavo envinado que solía preparar su abuela en Año nuevo, era una carne diferente a la de la primera ronda, era fresca, no parecía haber sido refrigerada, se preguntó si alguno de los otros asistentes lo habría notado, pensó en preguntarle al padre de Cilbana que tipo de carne estaban comiendo, pero lo consideró una descortesía, entonces se le ocurrió una idea, se lo preguntaría él mismo a Cilbana

Acababa de sentarse a comer cuando notó a Cilbana sentada a su lado, ella le sonreía abiertamente. Él le devolvió la sonrisa sonrojándose un poco.

Rica, ¿no? — preguntó ella sin dejar de sonreír

Ba… bastante — contestó él comenzando a ponerse nervioso — sabe bastante bien, tiene un sabor peculiar, ¿pero qué clase de…?

No estoy hablando de la carne — lo interrumpió ella sonriendo de manera seductora — ¿te gusta lo que ves manzanita? — dijo ella — ¿Me veo sabrosa? ¿Te parezco apetitosa?

A Josh se le hizo un nudo en la garganta, esto nunca le había pasado, no tenía la más remota idea de qué hacer, qué contestar, ni nada, estaba frente a la chica más sexy y atractiva que había visto jamás y sólo se quedó boquiabierto con su plato de carne en el regazo.

Ella rio de manera sarcástica, y le dijo — No te preocupes por responderme manzanita — con solo ver la expresión de tu cara veo la respuesta — se levantó, pero antes de irse se agachó y le dijo a Josh al oído algo que destruyó sus expectativas para aquella noche.

— Yo sí te comería manzanita — la muchacha se levantó, y contoneando sus exuberantes caderas, entró en su casa.

Josh tardó un rato en calmarse lo suficiente para continuar su comida.

— Eres un torpe, un cobarde — se reprochaba mentalmente — eres patético— pensaba — debiste responderle, una de las mujeres más espectaculares del mundo te coquetea y tú no dices nada.

Apuesto que todos en la escuela se burlarían de mí si se enteraran que desperdicié ésta oportunidad — pensó

Pero Josh no iba a dejar que eso sucediera ¡no señor! no iba a ser recordado en esta fiesta como un tímido cobarde que no puede hablarle a las chicas.

Reunió todo el valor que le fue posible, terminó su carne y se levantó de su asiento, estiró un poco las piernas y se encaminó hacia el padre de Cilbana para preguntarle por su hija.

Estaba a menos de dos metros del señor, cuando la ingesta continua de refresco comenzó a surtir efecto en su organismo, y en vez de preguntar por la ubicación de la chica de sus sueños, terminó preguntando por el baño.

Estaba lavándose las manos cuando algo llamó su atención, eran unas sombras a través de la cortina de baño, unas simples siluetas recortadas.

¿Había alguien observándolo Detrás de la cortina de baño? Se acercó, abrió, y encontró prendas de hombre, amontonadas sobre la tina, levantó una camisa blanca y de inmediato notó una mancha roja húmeda y tibia. Sus dedos se mancharon. Levantó el abrigo y se dio cuenta de que tenía esa misma mancha en la espalda. Josh estaba realmente aterrado.

¿Dónde estaban los dueños? Algo horrible debió haber pasado hace muy poco tiempo. Pero ¿qué?

Tenía que huir de ahí, y avisar a los demás, la sangre estaba demasiado fresca, la ropa no debía llevar ni tres horas en ese lugar.

Acababa de salir del baño cuando de pronto algo lo golpeó fuertemente en la cabeza haciéndolo caer.

Alcanzó a escuchar una voz a lo lejos antes de perder la conciencia.

— Sabía que vendrías manzanita

Y entonces se hizo la oscuridad.

Josh fue volviendo poco a poco en sí, sentía el estómago revuelto y todo le deba vértigo, creía que si no se controlaba pronto, terminaría vomitando, pero logró dominarse.

Su mente regresó a la conciencia y se horrorizó nuevamente al percatarse de su situación. Para él, la parrillada de fin de cursos en casa de su ardiente compañera Cilbana estaba a pocos minutos de terminar.

Se encontraba amarrado a una silla de madera. Lo habían atado de manos y pies con una soga de yute que le lastimaba las muñecas, le habían puesto los brazos por atrás de la espalda y sus pies estaban pegados a las patas de la silla.

Josh comenzó a forcejear tratando desesperadamente liberarse de sus ataduras, pero se detuvo, algo atrajo su atención. Un olor, un aroma peculiar, era el olor característico de la sangre fresca e invadía todo el lugar. Hasta entonces Josh no se había percatado en donde estaba.

El lugar parecía una enorme cocina, no tenía ventanas, había una gran estufa eléctrica, un horno de microondas, estantes de madera para despensa, un fregadero, y dos enormes refrigeradores industriales como los que suelen utilizar los carniceros de los mercados. Había además, dos mesas grandes de acero en medio de la habitación.

Sin embargo, lo que más llamaba la atención, lo que más horrorizó y asqueó a Josh, era la sangre, estaba por todos lados. Escurría la sangre, en las mesas, la estufa, la despensa, el suelo, las paredes; el cuarto estaba completamente salpicado, parecía como si una enorme res hubiera sido destazada hace poco.

Pero no solo había sangre reciente, se veían manchas de sangre coagulada debajo de las frescas, y debajo de estas, se veían manchas de sangre seca y vieja, era evidente que ese lugar no había recibido una buena limpieza en mucho tiempo.

— Tengo que salir de aquí — pensó desesperado — tengo que salir y regresar a casa.

Ese fue su segundo error.

Comenzó a forcejear nuevamente, balanceando sus hombros y piernas de lados a lado, y para su sorpresa, sus ataduras comenzaron a ceder, quien quiera que lo hubiese atado no poseía una gran fuerza física. Pero lo había atado bien, comenzó a moverse de manera mucho más brusca balanceándose, pero sus forcejeos vencieron el equilibrio de la silla y fue a dar de bruces contra el ensangrentado suelo de la cocina.

Josh estaba completamente cubierto de sangre, desde el cabello hasta los pies, el asco comenzó a ganarle terreno al terror, pero logró controlar su estómago a tiempo y se contuvo.

Ya libre de sus ataduras, se levantó y miró a su alrededor, no veía manera de salir, hasta que en medio de la sangre del piso vio algo que se asemejaba mucho a huellas de zapatos, las siguió con la mirada, llevaban hasta un pequeño espacio a la derecha de uno de los refrigeradores.

Caminó despacio, procurando no resbalarse con el piso cubierto de sangre, y llegó hasta una pequeña puerta de madera, tomó la perilla con cuidado, esperando no encontrar a nadie del otro lado, y con el corazón latiéndole desbocado en su pecho abrió la puerta.

Conducía a un estrecho pasillo con las paredes pintadas de un pulcro blanco brillante, que contrastaba con el desastre de la cocina, las huellas seguían hasta el final del pasillo, donde se veía una gran puerta de metal pintada de negro.

— La salida — pensó Josh con esperanza — mi escapatoria, el fin de esta pesadilla.

Estaba a punto de dar un paso, cuando oyó algo a su espalda, una cerradura que se habría al otro lado de la cocina, estaba bloqueada por la despensa por eso no la vio antes.

Josh pensó en correr, pero no lo hizo por una razón, lo que había detrás de la puerta: Ahí estaba ella nuevamente, con sus enormes y redondos pechos, sus exuberantes y amplias caderas, esas rotundas, voluptuosas y pronunciadas curvas, pero ya no lucía la falda ni la camiseta que le había visto en la parrillada, de hecho, ahora prácticamente no vestía nada.

Cilbana estaba en ropa interior, con tan solo un ceñido sostén blanco de algodón con encaje, y unas diminutas bragas blancas también con encaje, nunca la había visto tan sexy. Mantenía la mano izquierda detrás de su espalda.

Josh estaba anonadado, la sorpresa de ver a su curvilínea compañera en paños menores, lo había tomado tan de sorpresa que casi se olvida de su terror y de su desesperado deseo por escapar de aquel lugar.

— Manzanita, ¿qué estás haciendo? — Preguntó la muchacha esbozando una preciosa sonrisa — ¿Qué pasa? ¿No pensabas irte, verdad?

— Cilbana...yo...no...— inició Josh — pero no pudo terminar la frase, en su mente, el pánico y la desesperación comenzaban a abrirle paso a la lujuria y la lascivia.

— ¡Vamos quédate! ¿Por qué quieres irte? ¿No te gusta estar aquí? ¿Qué no te gusto? ¿no te gusta verme, manzanita? — Sonrió — Si te quedas podrás verme mucho más manzanita, mucho más — invitó con un tono sensual y provocativo.

Ella le ofreció su mano izquierda y su "Manzanita" se la aceptó de manera casi mecánica, como si su voz tuviera algún poder hipnótico capaz de obligarlo a obedecer. Y no distaba mucho de ello, después de todo ella era Cilbana, una de las mujeres más deliciosas que hubieran existido y Josh no era rival para sus encantos.

— Así está mejor manzanita — exclamó Cilbana sin dejar de sonreír — Regresemos arriba, la fiesta aún sigue, y todavía queda carne, mucha carne…y sangre, también mucha sangre.

Esta última frase además del tono en que la dijo, terminó por sacar a Josh de su trance, y de inmediato recordó donde estaba, haber estado atado a esa silla, el olor de la sangre derramada, la sangre fresca, la sangre vieja y coagulada, la aterradora y desesperante necesidad por salir de ahí, y entonces soltó a la chica.

— ¿Ehh? — fue lo único que alcanzó a decir Cilbana antes de que Josh se soltara bruscamente de su mano y la empujara lejos de él.

Josh no empujó con demasiada fuerza, sin embargo la sangre en el suelo de la cocina, además de llevar los pies descalzos, hizo que Cilbana resbalase y cayera de espaldas al suelo.

— No — exclamó el, y comenzó a alejarse de la chica, dirigiéndose hacia la puerta, que él creía, era la salida. Caminaba hacia atrás, como si temiera que ella pudiese hacerle algo si le daba la espalda.

Cilbana comenzaba lentamente a levantarse, estaba un poco adolorida y se había lastimado la espalda, ahora al igual que Josh, estaba manchada de sangre por todas partes. Él ya estaba a menos de veinte centímetros de la puerta.

— Eso no fue educado, manzanita —dijo ella mientras se ponía de pie.

Y fue en ese momento, cuando Cilbana se levantaba del ensangrentado piso cuando lo vio, una diminuta figura asomándose por detrás de ella, el motivo por el cual mantenía su mano derecha detrás, era tan solo una forma pequeña, pero Josh la reconoció de inmediato: El mango de un cuchillo de carnicero.

— ¡NO! — Gritó Josh al ver el chuchillo, y de inmediato giró la perilla y salió corriendo de la cocina, cerró la puerta de golpe, dejando a Cilbana a sus espaldas, cruzó el pasillo blanco hacia la puerta negra de metal.

En cuanto llegó a la puerta notó algo muy extraño, el ambiente se había enfriado mucho, tocó la puerta, y estaba muy fría también, casi helada, pero no tenía tiempo para ponerse a pensar sobre ello, ya escuchaba pasos que provenían desde la cocina, así que abrió la puerta, la fría puerta negra de metal, la salida, su salvación.

Pero Josh no habría podido estar más equivocado en toda su vida, la puerta no conducía hacia ningún pasillo, sala o cuarto, esa puerta no conducía a ninguna salida.

Ese fue su último error.

Josh entró, y de inmediato se quedó pasmado, la puerta conducía al interior de una gigantesca cámara frigorífica, el ambiente estaba congelado, había escarcha por todos lados y también había tubos de los que colgaban lo que a simple vista podrían parecer reces, pero no lo eran.

Josh se quedó paralizado de terror:

De los ganchos colgaban personas, de todas las edades, niños, mujeres, adultos, todos estaban muertos. Habían sido despellejados, y colgaban inertes como piezas en una carnicería. Había muchos, la mayoría estaban congelados, otros no parecían llevar en ese lugar mucho tiempo, pero todos tenían algo en común, todos estaban casi en los huesos, la carne había sido arrancada, removida de los cuerpos.

— Quitaron la carne, porque era lo único que importaba, lo que no servía, vino a dar aquí — Estas ideas llegaron a Josh como un violento golpe al cerebro, como una descarga eléctrica a su mente — La carne es lo que único que sirve.

Y de inmediato lo comprendió todo: las ropas ensangrentadas del baño, la tardanza de los cargamentos de carne en la parrillada, y también el sabor, comprendió por qué no logró identificar el sabor de la carne que les habían servido. No había podido porque no se trataba de nada que hubiese probado antes, se trataba de algo que jamás hubiese querido probar. Y de haber sabido lo que era, lo que él y sus compañeros estuvieron y algunos aún seguían comiendo en la parrillada, se habría ido desde hace horas, o... probablemente... ni siquiera habría aceptado asistir.

Esta vez ni con toda su fuerza pudo controlarse, y vomitó en el suelo del enorme refrigerador industrial.

Ni siquiera tuvo tiempo de recuperarse, tras el vómito, sitió una fugaz, aterradora y violenta punzada en la pantorrilla izquierda.

Soltó un chillido de dolor.

Pero antes de que tuviera tiempo para voltearse, sintió otro espantoso ramalazo de dolor, esta vez en el costado, cerca del bazo y las costillas, sintió cada centimetro del frío metal del cuchillo atravesando su cuerpo, la sangre comenzó a brotar en espesos borbotones y en el frío congelante de la cámara la notaba extrañamente cálida y tibia.

Cayó al suelo herido y asustado, levantó la cabeza y la vio, Cilbana, estaba parada frente a él, sostenía el gran cuchillo de carnicero a la altura de su cabeza, aun vestía ese provocativo conjunto de lencería blanca, y aún cubierta de sangre a medio coagular, se veía increíble.

El pánico se había posesionado de la mente de Josh, intentaba arrastrarse a través del helado suelo. Por primera vez en toda su vida, trataba de alejarse de ella. Estaba horrorizado, tenía que escapar.

— No te arrastres manzanita, te desangrarás más rápido — exclamó ella con un tono dulce y femenino que, en otras circunstancias, habría destrozado y robado a la vez el corazón de Josh.

— ¿P...po...por...por q...qué? — tartamudeó él desde el suelo.

— ¿Me preguntas por qué, manzanita? ¿Por qué hago esto? — Negó suavemente con la cabeza y encogió los hombros — Pues por la misma razón por la que todos vinieron a mi parrillada, la misma razón por la que se llenan los restaurantes, la misma razón por que existen las hamburguesas y los hot dogs: Me gusta comer.

Josh volvió a quedarse paralizado al escuchar estas palabras, en ese momento el pánico ya había quedado muy atrás. Lo que ahora sentía era una nueva y completamente desconocida sensación de pavor y horror.

— Pero nunca me ha gustado mucho el sabor de la carne de los animalitos — continuó ella — No, ni tampoco a mis padres, nosotros preferimos los sabores exóticos, los sabores diferentes ¿y que más exótico que nuestro propio sabor? — Se quedó un poco pensativa — Nos viene por herencia supongo, todos mis ancestros lo hacían, ¿sabes? Pero no puedo elegir a cualquiera, un granjero no elige cualquier res para sacrificar, y yo tampoco elijo a cualquiera, elijo a los que más me gustan.

De inmediato, Cilbana levantó el cuchillo a la altura de su boca y lamió la sangre de Josh que había en él con un grotesco pero a la vez sensual deleite.

— Y me doy cuenta que tú sabes delicioso manzanita, ya me estoy imaginado el sabor de tu carne — Se pasó la lengua por el labio superior en otro gesto, que en ella resultaba espantoso y a la vez sexualmente sugestivo.

El joven en el suelo trataba con todas sus fuerzas de darse apoyo en los brazos y ponerse de pie, pero estaba aterrorizado, sus articulaciones no respondían, ya ni siquiera era capaz de arrastrarse otro centímetro. Todo se había acabado.

Cilbana se acercó contoneando sus amplias caderas, y cuando estuvo lo suficientemente cerca, se puso frente a él en cuclillas separando las rodillas, posición que podría haber resultado sumamente erótica en cualquier otro momento, y lugar.

— Es una lástima ¿sabes? — El chico al que se dirigía ya había perdido mucha sangre y estaba a un par de minutos de la inconciencia — Es una lástima porque en verdad me gustas Josh — Por un momento pareció sonrojada, pero como estaba cubierta de sangre era difícil asegurarlo — Me gustas mucho, eres muy guapo — Soltó una ligera risita de niñita tímida.

Quizás, de no haber estado paralizado de horror, ni a punto de desangrarse, Josh se habría preguntado por qué en esta ocasión Cilbana lo llamó por su nombre en vez de llamarlo "manzanita". Estaba aterrorizado y no pudo pensar en nada.

— Pero bueno, es tarde y tengo hambre, así que terminemos con esto — La muchacha levantó el cuchillo y lo puso en posición para cortar.

Lo único que Josh pudo hacer fue cerrar los ojos para evitar sentir el agonizante dolor que se avecinaba.

— ¡Buena comida, buena carne, buen Dios, comamos!

Nadie llegó a escuchar jamás los alaridos de Josh.

Diez minutos después, los invitados de la parrillada vitorearon y aplaudieron como nunca. Un nuevo cargamento de jugosa y suculenta carne acababa de salir. A todos les sirvieron un plato y disfrutaron su comida.

Cilbana regresó a la fiesta ya limpia, con su entallada playera blanca y su diminuta falda roja.

Ella era Cilbana, desesperantemente la chica más guapa de la escuela. Sus compañeros babeaban por ella, sin saber que ella también babeaba por ellos, se le hacía agua la boca. Ellos darían lo que fuera por tenerla, matarían por comérsela, ella por comérselos.

Le encantaba comer, ahora estaba satisfecha, pero eso no duraría para siempre. No, la noche era aún joven, la parrillada se extendería mucho más, pronto volvería a tener hambre, y cuando eso sucediera, pues... comería de nuevo.

Por lo visto, las "manzanitas" la vuelven loca.

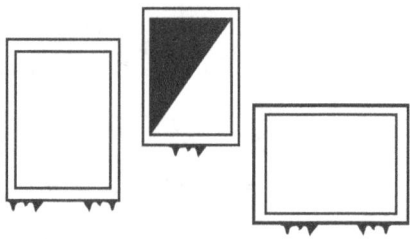

ABIERTO TODA LA NOCHE

Faltaba poco para las tres de la mañana, las calles estaban vacías, la oscuridad nocturna se había apoderado de la ciudad, no se oía un solo murmullo, ni siquiera el rugido de motor de un auto lejano, o el ladrido de un perro vecino. La quietud era sepulcral.

La cafetería Phillie´s abría las veinticuatro horas, no cerraba, era como un oasis de luz y calor en medio de la sombría quietud del exterior. Siempre ofrecía comida y bebidas a comensales que no cedían demasiada importancia al tiempo.

Desde fiesteros hambrientos hasta borrachos insomnes, la cafetería Phillie´s siempre estaba abierta para todos. Sobre todo al iniciar el fin de semana.

Sin embargo, esta noche la cafetería pasaba por un mal momento, no había afluencia de clientela, lo cual era raro en un viernes, esta vez sólo habría tres clientes.

Los dos primeros habían llegado juntos, se trataba de una pareja, un joven vestido de traje y sombrero, y una bella muchacha pelirroja, usaba un entallado vestido rojo y unos provocativos zapatos de tacón.

A Phil, el dueño de la cafetería, no le costó mucho darse cuenta de que eran amantes, o como mínimo amigos.

Ambos pidieron un café expreso, sin leche, y empezaron a charlar, a Phil le extrañó un poco que el joven no se quitara en sombrero al entrar, pero no le dio importancia.

Justo cuando Phil pensaba que no tendría más clientes esa madrugada, otro hombre entró en la cafetería vestía un abrigo gris oscuro y un sombrero de un gris más claro.

El recién llegado caminó hacia la barra y se sentó lejos de la pareja de enamorados, que seguía charlando sin que nada más les preocupase, de otra forma, habrían notado que el hombre que acababa de sentarse los miraba fijamente.

Phil se acercó para preguntarle que quería, y se llevó el primer susto de la noche cuento el hombre respondió con voz fría e inexpresiva:

— Detesto el café pero deme el mejor que tenga — todo esto sin dejar de mirar a la pareja que tenía enfrente.

Asustado y nervioso, Phil le preparó un café americano con crema y lo puso cerca de su codo derecho.

La pareja seguía conversando sin notar que el hombre los miraba fija y fríamente, como si los conociera. Pero si los conocía, ¿por qué no llegó con ellos? Y ¿Por qué ellos no parecen percatarse de su presencia?

— Es cierto — se dijo Phil — el entró y ellos ni siquiera se volvieron para ver quien entraba, aquello no sería extraño si hubiera casa llena, pero esta vez, la cafetería se hallaba semi vacía, ¿cómo es que no se dieron cuenta? y ¿por qué siguen sin notarlo cuando el hombre los mira fijamente desde hace casi cinco minutos?

Pasó el tiempo y, aunque la pareja ya había terminado hace tiempo sus bebidas, seguían conversando, conversaban sin notar a su vecino que los miraba de manera inexpresiva, que ni siquiera había tocado su café, el cual ya estaba frio.

A estas alturas Phil ya estaba más que nervioso, estaba aterrado, ¿por qué la pareja no se da cuenta que un hombre los mira fijamente por mas de veinte minutos?

En ese momento, Phil escuchó en su cabeza la fría y profunda voz de este hombre aparentemente invisible:

— ¿Nervioso Phil? — Preguntó esa siniestra voz dentro de su cabeza — ¿Por qué tienes tanto miedo?, ¿de qué tienes miedo?, ¿de mí? No te preocupes, tú no tienes por qué temerme, mi estimado Philly.

Y Phil, que hasta ese momento había estado evitando mirar a la cara a su último cliente de la noche, se volvió hacia él; y esta vez el susto fue de casi muerte: El hombre sonreía.

Era la sonrisa más horrenda y despiadada que Phil hubiera avisto jamás.

— La sonrisa de un monstruo —pensó Phil — un monstruo disfrazado de hombre para pasar desapercibido entre los que no son de su clase.

— ¿Quién eres? — pensó Phil — ¿Qué eres? — se preguntó nuevamente aterrorizado y sudando.

Y la voz de hombre resonó en su cabeza como un eco demencial y terrible: — ¿Qué soy? Muchos han tratado de averiguarlo, incluso algunos le han puesto nombre a los de mi tipo; respecto a ¿Quién soy?, no tiene caso que te diga un nombre, he recibido muchos a lo largo del tiempo.

Entonces vio algo que le terminó de enfriar la sangre, un detalle que hasta ese momento no había notado: El hombre no tenía reflejo.

Phil entonces retrocedió horrorizado y casi presa del pánico, su espalda chocó contra la barra.

— ¿Le ocurre algo señor? — preguntó la bella pelirroja del vestido.

Phil estaba tan distraído que la pregunta de la chica casi le da otro susto.

— ¿Perdón? — respondió Phil sintiéndose algo tonto por su pregunta.

— Le pregunté si le pasaba algo, se ve pálido y parece asustado — dijo la chica.

— Si — pensó Phil — pero la palabra asustado, incluso, aterrorizado, no bastaba para expresar como se sentía ahora.

Sólo respondió con voz temblorosa:

— No, estoy bien, solo estoy...— se quedó pensando y dijo la primer palabra que le vino a la cabeza — cansado.

— Bueno — dijo el muchacho — pues nosotros ya descansamos, y ahora lo dejaremos descansar a usted.

Se levantó de la barra y estiró los brazos. La chica de rojo también se levantó.

Mientras todo esto ocurría, el hombre de enfrente no había dejado de sonreír. Su sonrisa se había ensanchado, parecía al borde de la carcajada. Pero seguía sentado, en silencio.

— Gracias por todo, señor — dijo el joven

— Gracias — dijo a su vez la muchacha

Phil estaba demasiado asustado para hablar, simplemente hizo la señal de aprobación con el pulgar arriba.

Los enamorados pagaron sus cafés, salieron tomados de la mano y se adentraron en la infinita oscuridad del exterior.

Phil se volvió hacía el lado de la barra, con la esperanza de que no vería nada, que, como en las películas, el hombre del sombrero se habría ido.

Pero seguía allí, no se había movido un ápice.

Phil se sintió más aterrado que nunca, antes estaba con la pareja de jóvenes, y había visto la imagen de ellos reflejada en las ventanas de su cafetería, y en el barniz pulido de la barra.

Pero ahora estaba solo. Solo con él, con una criatura sin reflejo, un extraño sin rostro, un monstruo de la noche; que no conoce el día, que le teme al ajo y a la plata, un ser surgido de sus más monstruosas pesadillas.

— ¿Qué vas a hacerme? — preguntó Phil, y esta vez lo hizo en voz alta.

— ¿A ti? — exclamó la criatura con un dejo de sarcasmo y finalmente soltó la carcajada, monstruosa y grotesca con esa voz profunda y siniestra.

— No voy a hacerte nada, Philly — continuó el monstruo — tú no tienes nada que temer de mí, ¿recuerdas?

— P... pero, ¿en... entonces? — exclamó Phil tartamudeando del terror.

— Sólo estoy esperando — dijo el ser que parecía un hombre de abrigo y sombrero.

Phil pensó en preguntar a qué o a quien esperaba, pero se percató de inmediato; la pareja, los jóvenes a los que había estado vigilando desde que llegó, siguiendo todos sus movimientos esperando que se marcharan.

Pero no podría marcharse con ellos, lo habrían notado, quizás no pudieran verlo pero sentirían su presencia, o algo así. Tenía que dejar que de alejaran, y cuando creyeran que estaban solos...

El hombre de la barra asentía lentamente sin dejar de sonreír.

— Pero, ellos no se habrían ido — pensó — solo se fueron porque...

— Porque yo les dije que estaba cansado — dijo Phil en voz alta y le fallaron las rodillas, se apoyó contra la barra.

Levantó la vista, el hombre ya estaba de pie junto a la puerta, se volvió hacía Phil.

— Adiós Phil — dijo — no tiene caso que te dé las gracias, porque, ya sabes, detesto el café.

— ¿Qué les vas a hacer? — preguntó Phil con sus últimos destellos de conciencia.

— Eso — dijo la cosa — es algo que yo debo decidir y tu ignorar, después de todo, café no es lo único que puedo beber esta noche — y entonces sonrió mostrando sus colmillos largos y puntiagudos.

— ¡Ah! y por cierto — dijo finalmente — deberías cerrar este lugar de vez en cuando, realmente te ves cansado — y soltó otra monstruosa y horrenda carcajada. Salió de la cafetería.

La cabeza de Phil le dio vueltas, se le revolvió el estómago y finalmente, se desmayó.

A la noche siguiente muchas parejas de jóvenes se decepcionaron al encontrar el siguiente letrero en la puerta de su cafetería favorita:

CAFETERIA PHILLIE´S

NUEVO HORARIO

ABIERTO SOLO DE:

8:00 am A 7:30 pm

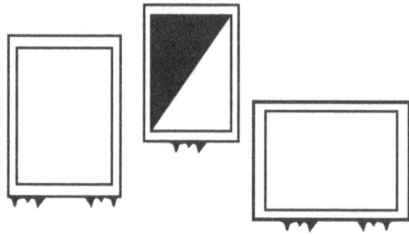

EL PERRO EN LA BASURA

Carlos regresaba del mercado cuando se encontró con el perro.

Su madre lo había enviado a comprar un kilo de tortillas de maíz, no hubo ninguna eventualidad en esta transacción, había poca gente y su madre le dio prácticamente la cantidad justa de dinero.

De cambio solo le devolvieron una moneda de cobre, y Carlos, como buen chico, se la había gastado en una de esas máquinas que te dan una bola de chicle por moneda.

Llevaba varios minutos mascando su chicle, hasta que se quedó sin sabor, por lo que decidió tirarlo en el primer bote de basura que encontrara; fue el depósito de basura de la farmacia de la esquina donde Carlos se acercó a escupir su chicle, y fue entonces cuando lo vio:

El bote estaba completamente vacío, no contenía absolutamente nada de basura, como si acabaran de lavarlo o algo así, solo se podía ver una pequeña figurita de plástico en el fondo, Carlos la levantó.

Se trataba de una figura bastante curiosa, representaba a un perro de raza rottweiler de color negro y sin cola. Presentaba al animal en posición de ataque mostrando los dientes, como si ladrara eternamente a un enemigo invisible.

A Carlos le pareció bastante extraño que alguien decidiera tirar un juguete como ese, daba un poco de miedo, sí, pero de todas formas, la forma, el detalle que le habían dado al plástico era más que genial, era muy realista, como si ese pequeño perro pudiese cobrar vida en cualquier momento y atacarte.

— Quizás tenga algún valor — pensó Carlos — a lo mejor pertenece a alguna colección o algo así — De modo que escupió su chicle en el bote, se guardó la figura en el bolsillo del pantalón y reanudó su camino a casa.

Estaba a menos de diez metros de llegar a su casa cuando vio que se acercaba Edwin, si ese maldito bravucón de la escuela, ¿lo había estado esperando?

— Hola Carletes — saludó burlonamente — ¿vienes de ser el gato de tu mami?

Carlos Detestaba que lo llamaran "Carletes", obviamente por eso Edwin lo llamaba de ese modo.

— No te importa, déjame en paz Edwin — respondió Carlos.

— ¿Qué no me importa? — Exclamó el bravucón sorprendido — Claro que me importa maldito nerd de porquería, si no estás tú ¿quién hará mi tarea?

—No lo sé, ahora déjame pasar, tengo que llevar las tortillas.

— Sí, claro te dejaré pasar para que regreses con tu mamita, pero primero ten esto:

El bravucón le lanzó un cuaderno maltratado y un pesado libro de matemáticas que llevaba escondido bajo el brazo. Ambos objetos golpearon a Carlos en la cabeza y le hicieron perder el equilibrio, cayó sobre el pavimento.

— Para mañana tenemos que llevar hechos los ejercicios del uno al quince de la página cuarenta y dos, pasaré por ellos mañana en la primera clase — explicó Edwin— Y pobre de ti si no los tienes.

— P... pero — comenzó Carlos desde el piso.

— ¿Pero qué? — Preguntó Edwin desafiante.

— Pero nada, mañana los tendrás — Aceptó a regañadientes, era mejor no discutir con animales como ese.

Entonces Edwin comenzó a reírse de forma muy cruel y sarcástica, Carlos se preguntó por qué nadie venía a ayudarlo ¿en serio nadie veía lo que estaba sucediendo? ¿Estaban ciegos o sordos? ¡Bah! que más daba.

— Sabía que lo harías.

Carlos acababa de levantarse cuando sintió un fuerte y doloroso zape en la nuca que lo hizo volver al suelo.

— Te veo mañana Carletes — la risa de Edwin comenzó a perderse mientras se alejaba por la calle.

Carlos contuvo con todas sus fuerzas las ganas de llorar, recogió las cosas de Edwin y las tortillas, de todas formas su madre lo regañaría por tardarse, pero eso no le importaba ya.

Entró a su casa, escondió los libros de Edwin tras las cortinas y entró a la cocina, donde su madre preparaba la cena, dejó las tortillas sobre el horno de microondas, esperaba el regaño por tardarse, pero en lugar de eso solo recibió un "muchas gracias" por parte de su madre.

— Me voy a dormir a mi cuarto — anunció Carlos a su Mamá — Estoy cansado.

— Pero la cena ya casi está, ¿Qué tienes hijo? —pregunto la madre preocupada

— Nada — mintió Carlos — Sueño, me voy a echar una siesta.

Carlos sacó las cosas de Edwin de su escondite y subió las escaleras de su casa.

Al entrar a su cuarto dejó caer el libro y el cuaderno del bravucón al suelo y se lanzó a su cama, no tenía sueño, pero necesitaba acostarse. Permaneció boca arriba contemplando el techo de su cuarto, pensando, reflexionando:

— ¿Por qué?, ¿Por qué yo?, ¿Por qué a mí?, ¿Por qué recibo este castigo? Solo soy un chico, ¿Por qué la vida me manda ser el mandadero de un orangután descerebrado como Edwin? ¡No es justo!

Estaba a punto de empezar a llorar cuando sintió el pequeño bulto en su bolsillo, y de inmediato recordó lo que se había encontrado en la basura. Sacó la pequeña figura de su bolsillo y la observó recostado en su cama.

El pequeño perro de plástico ladraba, fiero valiente, amenazante y temible, ese can no le temía a nada, el protegería a quién sea, a su amo, a su hogar, él se defendería de Edwin, él se defendería de cualquiera.

— ¿Por qué no puedo ser más como tú? — le susurró a la figurita — quisiera ser como tú, quisiera poder protegerme, quisiera poder lastimar a los que me lastiman — cerró los ojos y apretó al pequeño perro en su puño — Quisiera lastimar a Edwin, quisiera defenderme de él, que nunca más volviera a molestarme.

Dejó la figurilla en su cabecera y volvió a recostarse boca arriba, y mirando el techo de su cuarto se quedó dormido. Fue una siesta tranquila y quieta. No tuvo sueños.

Cuando se despertó eran casi las diez de la noche y estaba muriéndose de hambre, bajó a la sala y se encontró a su madre viendo la televisión en el sofá.

— Hola hijo, ¿cómo te sientes?

—¿Qué cómo me siento? ¿Por qué me preguntas eso, Má?

—¿Cómo que por qué? Te dormiste toda la tarde.

Carlos sonrió un poco, si, de hecho se sentía mucho mejor.

—Pues mejor, creo que solo necesitaba descansar un poco —exclamó— ¿todavía queda comida?

—Sobró bastante del guisado de la tarde, sírvete si quieres.

Entonces se sirvió de comer, pero no fue solo un puñado o al menos un poco, sino que llenó el plato hasta el borde, y tras pasarse el primer bocado, Carlos se olvidó de cualquier otra cosa en el mundo, engulló toda la comida con una intensa voracidad, no recordaba haber sentido antes tanta hambre, se sentía como si llevara días enteros sin probar bocado.

Y cuando se llenó la sensación que lo invadió no era de sueño o pesadez como siempre, era diferente, se sentía furioso y lleno de rabia, como si su estómago estuviera furioso por no poder recibir más comida.

Estaba a punto de levantarse, cuando de pronto lo asaltó una aterradora y abrumadora sensación; algo se le olvidaba.

—Se estaba olvidando de algo —pensaba— algo importante, pero lograba recordar lo que era— se trataba de algo relacionado con la escuela ¿pero qué?

Trataba de recordar pero no podía, ¿su tarea? No, la había hecho desde el viernes ¿Un examen? Tampoco, falta un mes para que empezaran, entonces ¿qué era? Algo se le estaba pasado y no se acordaba.

Dio las buenas noches a su madre y subió a su habitación para tratar de dormir, quizá aún seguía cansado y por eso no se acordaba.

Esta vez su sueño era intranquilo, se retorcía en la cama, no podía sacarse de la cabeza la idea de que algo se le había olvidado, algo muy importante, algo que debía hacer.

Se levantó de la cama, tenía que recordar que era eso, o no podría dormir en paz.

Caminó en pijama hasta la ventana de su cuarto, contempló un rato la quietud citadina de la madrugada, tratando con todas sus fuerzas de acordarse, pero fue en vano, era como si algo estuviera bloqueando su memoria, como si ese algo no quisiera que recordara.

Regresó intranquilo a su cama para tratar de dormirse de nuevo, pero cuando se disponía a acostarse, se percató de que la figurilla del perro, la que había encontrado en la basura, de la que casi se había olvidado, aún seguía en su cabecera; siempre en la misma pose, aterrador, feroz, al ataque.

Ese perro por alguna razón lo hacía sentir seguro, fuerte, esa figura no hacía más que repetirle:

"Tranquilo, tranquilo, estás seguro, no pasa nada, no olvidas nada, no pasa nada, todo saldrá bien."

Carlos quería dudar, pero el mirar esa figura, ese perro negro, ese guardián temible y agresivo, no dejaba de asegurarle lo contrario:

"Nada está mal, no olvidas nada, iras al escuela mañana y todo saldrá bien. Duérmete"

Entonces Carlos dejó de preocuparse, se acostó en su cama, y obedeciendo las necesidades de su organismo, cerró los ojos y se durmió.

Fue uno de los periodos de sueño más tranquilos y relajantes de su vida, descanso plácido y relajante como si nada más en el mundo importara.

Sin embargo, cuando su madre lo despertó a las siete de la mañana para bañarse e ir a la escuela, se levantó de manera abrupta, intranquilo y desesperado, había algo que era importante, lo había olvidado, algo que debía hacer y no hizo, acababa de recordar que era; la tarea de Edwin.

Carlos pasó su desayuno, al igual que su viaje hacia la escuela, preocupado y temeroso, con un miedo cada vez más intenso, odiaba a Edwin con toda su alma, pero también le temía, después de todo, era el bravucón de la escuela, todos le temían.

Él le había asegurado que tendría hecha su tarea, pero no la hizo, y ya no había manera de cambiarlo, no tenía tiempo de hacer nada antes de la escuela. Estaba aterrorizado, se dirigía hacia la escuela, y en cuanto Edwin lo viera, le pedirá su tarea y cuando le dijera que no la tenía...

Trató de calmarse, de ordenar sus pensamientos, alguna solución debía haber, pero no podía, no dejaba de imaginar que sería capaz de idear la primitiva mente e Edwin como castigo por no llevar su tarea.

Una parte de su cerebro trataba de decirle que debía ser racional, que estaba exagerando, que no era para tanto, pero se negaba a escucharla.

El portón se abrió y Carlos tuvo que reprimir el llanto al separarse de su madre y pasar a su salón, ya no había marcha atrás.

Se sentó en su pupitre acostumbrado en la fila de enfrente, y comenzó una de las esperas más largas de su vida, esperaba una de dos cosas, que llegara el profesor y empezara la clase o Edwin pidiendo su tarea; en cualquier caso no importaba, no podía hacer nada para evitarlo.

Sin embargo, su temor pasó a ser confusión, cuando el profesor llegó primero que Edwin, y la confusión en alivio cuando al pasar lista y mencionar los apellidos de Edwin, este no respondiera.

El profesor llamó varias veces, pero él no respondía y nunca respondió, pero para el profesor era algo relativamente normal, Edwin no era lo que se dice su alumno más responsable, pero para Carlos significó que su alivió volviera a convertirse en confusión.

— ¿Había faltado? ¿Por qué? Si, ya sé que es un burro que falta a la escuela cuando se la da la gana, pero faltar ¿Sabiendo que yo haría su tarea? — Pensaba — No, algo no está bien, algo pasa aquí.

Pasó sus primeras dos horas de clase pensando y reflexionando en lo que acababa de pasar.

— Bueno, si Edwin no vino hoy, eso no significa que no vaya a venir mañana — reflexionaba — o sea que me verá a la salida o en mi casa para pedirme que le haga la tarea que dejen hoy.

Ya se imaginaba al simio preguntándole: — ¿Cómo te fue Carletes? ¿Hiciste los ejercicios? ¿Te desvelaste Carletes? — Incluso podía escuchar su risa de idiota — ¿Pues qué crees? Que esa era la tarea de hoy y necesito la de mañana, yo no fui, pero tú si, ¿Entiendes lo que digo Carletes?

Por alguna razón la risa de Edwin sonaba más terrible en su imaginación que en la vida real, pero bueno, ya tendría tiempo para lidiar con eso, por ahora solo le quedaba disfrutar de la poca suerte que le quedaba. Edwin no estaba significaba que aunque sea por un día de escuela, aunque sea por 8 horas, tendría paz.

Aquel lunes fue uno de los días más felices en la infancia de Carlos, no había bravucón a quien temer, no había miedo en las caras de sus compañeros, y no había que separar peleas durante el recreo.

Y cuando llegó la hora de salida y no vio a Edwin, Carlos se sintió aún más feliz, y no le importó que su mamá estuviera seria, entre preocupada y triste al recogerlo, nada iba a arruinarle este día, ni siquiera la visita vespertina de Edwin, nada podía quitarle su felicidad ese lunes.

O eso creía

Al llegar a casa, se disponía a subir a dejar sus cosas a su cuarto, estaba a media escalera cuando su madre lo llamó.

— Espera hijo

— ¿Qué pasa, Má?

— Ven aquí un momento, hay algo que debo decirte

Carlos estuvo a punto de decirle a su madre que esperara, que dejaría sus cosas y regresaba, pero vio la expresión de tristeza y desasosiego en su rostro y bajó corriendo dejando su mochila a media escalera.

— ¿Qué pasó mami? ¿Qué ocurre? — Carlos se sentía alarmado, no le gustaba ver a su madre así.

— Ven, siéntate — dijo la mujer mientras caminaba y sacaba dos sillas

Su madre se sentó y Carlos tomó asiento frente a ella, la mujer parecía estar al borde de las lágrimas.

— ¿Qué pasó? — Carlos estaba comenzando a asustarse.

— ¿Conoces a la señora Wendy? ¿La que vive en la esquina de la otra calle?

— Si — Respondió Carlos, claro que la conocía, la conocía bien, todo su grupo la conocía, era la madre de Edwin — ¿Qué pasa con ella?

— Bueno, es su hijo, de tu edad, creo que se llama Edwin…

— ¿Qué pasa? — Carlos estaba cada vez más asustado — ¿Qué pasa con Edwin? — Nunca creyó que alguna vez en su vida llegaría a preguntar eso.

— Bueno… el — Comenzó la mujer pero se interrumpió en un acceso de sollozos.

— ¿Qué? ¿Qué pasó mamá?

Y Carlos, que esta mañana estaba preocupado por llegar a la escuela y encontrarse con Edwin, que durante el recreo se sintió feliz de no ver a Edwin, que al salir de la escuela se sentía el niño más afortunado; Carlos que hasta hace solo unos minutos creía que nada podría arruinar su felicidad, recibió la noticia que destruyó todo lo que esperaba de ese día.

— Está muerto —dijo su madre sin poder contener las lágrimas

— ¿Qué? — La mente de Carlos aún no terminaba de procesar la información que acababa de recibir.

— Falleció — continuó la mujer.

— Pe... Pero ¿Cómo? ¿Cuan...Cuándo? — Carlos empezaba a tartamudear, no lo podía creer, no acababa de creer lo que su madre le decía, no esperaba una noticia así, creo que nadie la espera.

— Ocurrió anoche — respondió su madre Me lo dijo la vecina de enfrente, según ella, Edwin se fue de fiesta con sus amigos y no regresó a dormir, su madre estaba tan preocupada que llamó a la policía para que lo buscaran — la mujer ahora lloraba de verdad — Y apenas hoy en la madrugada encontraron su cuerpo.

Carlos necesitaba preguntar algo, era evidente que no quería hacerlo, era como si no tuviera otra opción, tenía que saber.

— ¿Saben cómo murió?

— La vecina me dijo que no están seguros todavía — Explicó la señora un poco más calmada — pero por lo que ella escuchó parece que...

Y Carlos, que creía haber recibido todo lo que ese día podía darle, y ya no esperaba más, recibió un segundo golpe.

—... Fue un perro — Dijo su madre

— ¿Qué? — Preguntó Carlos nuevamente, y un violento sobresalto lo invadió, a escuchar eso, era como si lo hubieran abofeteado muy fuerte.

— Si, dice, que tenía varias mordidas, en el cuello, los brazos y en muchas otras partes del cuerpo, creen que fue uno de esos perros grandes... — la señora se quedó pensando — ¿cómo se llama esa raza? Esos perros negros que no tienen cola.

Carlos sintió que un largo y violento escalofrío le recorría toda la espalda, de repente sentía la boca muy seca, tragó saliva y contestó a la pregunta.

— ¿Rottweiler?

— Sí, creo que sí, es esa. El funeral será mañana — Continuó la mujer.

— Si... Si, está bien — Dijo Carlos, pero su mente ahora estaba en otro lado.

— Tú lo conocías ¿No? — Le preguntó su madre — Era de tu grupo ¿No?

— Si — Respondió firmemente Carlos, mientras recordaba todas las burlas, humillaciones, bromas y ultrajes que había tenido que soportar de Edwin desde que lo conoció, y que nunca tuvo el valor de decirle a nadie — Si lo conocía, iba en mi salón.

— ¡Qué horrible! — Dijo la señora secándose las lágrimas — No puedo imaginar lo terrible que debe ser perder a un hijo, y menos de un modo tan horrendo, y de esa edad ¡qué horror! Pobre de su madre.

— Si, que feo — Contestó, pero su mente estaba en otro lugar, su mente viajaba a su cuarto, concretamente en su cabecera.

— Bueno — Dijo la mujer levantándose de la silla, se acercó a su hijo — Cuídate mucho Carlos, sobre todo cuando estés en la calle, porque allá afuera hay peligros muchos peligros, hijo.

La señora le dio un beso en la frente a su hijo, pero éste apenas y lo sintió, en su mente comenzaba a filtrarse una terrible desesperación, tenía que subir, tenía que ir a su cuarto, debía confirmarlo.

En cuanto su madre dio por terminada la conversación y entró a la cocina para preparar la comida, Carlos salió como rayo hacia su cuarto, ni siquiera se molestó en recoger su mochila, que permaneció tirada a media escalera.

Entró deprisa y revisó su cabecera, y ahí estaba: La figura del perro, el perro de la basura, en la misma pose, gruñendo a la nada, a punto de atacar, feroz y temible, solo que esta vez tenía algo diferente, y Carlos lo notó de inmediato.

— No — pensaba mientras retrocedía horrorizado — No puede ser, es imposible, debe ser una coincidencia.

En los dientes del perro, el diminuto hocico de plástico estaba completamente manchado, estaba empapado por una desconcertante mancha roja, era una sustancia roja y viscosa, parecía medio seca, si tan solo hubiese sido una pequeña mancha en un diente, Carlos no lo habría notado, pero las fauces del perro estaban cubiertas de rojo.

Fue entonces cuando oyó la voz, Carlos sintió que entraba en su cabeza, la misma voz que la noche anterior le decía que no se preocupara, ahora salía del perro.

— No es una coincidencia, es lo que imaginas.

— No — Pensó él

— Sí —Respondió el perro desde la cabecera — Soy un perro, y el deber de todo perro es proteger a su amo.

— No — Repitió Carlos mentalmente — No puede ser.

— Si — Continuó la figura desde la cabecera — Tú eres mi amo, y yo soy tu guardián, me pediste que te protegiera, me pediste que lastimara a Edwin, que no volviera a molestarte jamás y yo te obedecí, soy un buen perro.

— ¡No, eso no es cierto! — Pensaba el chico horrorizado — ¡Yo no soy tu amo! ¡Yo nunca te pedí eso!

— Si lo eres — Protestó el perro — Tú me sacaste de la basura, y me pediste que te cuidara, ¿recuerdas? ¿Anoche antes de dormirte?

Si, Carlos recordaba haber pedido que Edwin dejara de molestarlo, y aunque quisiera verlo lastimado, por más que lo detestara, nunca, jamás le desearía la muerte, y menos una tan horrible como esa, despedazado por un perro.

— ¿Lo recuerdas? Tú me encontraste, y eres, mi amo — la figura permanecía inmóvil, pero Carlos podía escucharla — Y un buen perro protege a su amo siempre, sin importar lo que pase.

¡NO! — Gritó Carlos en voz alta y tomó la figura de su cabecera y la apretó con su puño.

— ¿Qué pasa hijo? — Le gritó su madre desde la cocina, pero él no le prestó atención, estaba concentrado, tenía que hacer algo, debía deshacerse de ese perro asesino.

Lo arrojó con fuerza al bote de basura que tenía en su cuarto y le hizo un nudo a la bolsa. Estaba a punto de salir de su cuarto cuando la voz le habló:

— ¿Crees que es tan fácil? No te libraras de mi protección tan fácilmente ¿Cuál es el problema? ¿Tienes culpa? ¿Piensas que alguien te va decir algo? ¿Crees que te van a regañar? No — la voz del perro sonaba tranquila y serena — Nadie te va a decir nada, no va a pasar nada, nada está mal, no tienes nada de qué preocuparte...

Carlos escuchó ese mensaje, y de pronto tuvo una extraña sensación, todo su miedo, su angustia, su desesperación comenzaban a desvanecerse, poco a poco.

— No, no — Pensó Carlos — es igual que anoche, trata de engáñame, trata de hacerme pensar que no hay problemas, que no hay nada malo, pero no, no puedo dejarlo, si lo hago le hará daño a alguien más, no puedo...

— Te equivocas — exclamó el perro — Yo no le haré daño a nadie solo si tú me lo pides, yo te protegeré, estarás a salvo, nadie volverá a meterse contigo jamás, nadie, me desharé de todos los "Edwins" que haya en tu vida, serás libre.

Carlos trató de resistirse, pero ya era demasiado tarde, el perro había hablado y él había escuchado su voz, se relajó por completo, ya no había nada que temer, había sido un día estupendo en la escuela, un buen lunes, y quizás el martes sería mejor.

— Ahora baja a la sala, tu madre pronto terminará la comida y estoy seguro que estará deliciosa, ¿No tienes hambre?

Nuevamente Carlos se sintió más hambriento que nunca, se sentía famélico, como si llevara varios días sin comer, en vez de algunas horas y llevado por un impulso instintivo, se olvidó del perro, se olvidó de Edwin, se olvidó de cualquier otra cosa, bajó a la sala y esperó a que la comida estuviera lista.

Y una vez más, cuando se sirvió, lo hizo llenando el plato hasta el borde y devoró toda la comida como si no hubiera un mañana.

Después de comer hizo su tarea y seis horas después estaba dormido, fue un sueño plácido y sereno, y ¿Cómo no iba a serlo? Después de todo, no había nada de qué preocuparse, todo saldría bien, sus deberes estaban hechos, y lo más importante de todo, nadie lo molestaría, Edwin se había ido para siempre.

Periódico "El Informador"

Otra víctima de misterioso ataque

La mañana de este viernes fue encontrado sin vida el cuerpo de Jorge Meza Nava quién laboraba como profesor en la Secundaria Técnica Número 60, escuela en la que impartía clases de matemáticas y geometría, el cuerpo de Nava fue encontrado dentro del basurero municipal a unas tres cuadras de su residencia.

De acuerdo con la policía, el cuerpo presentaba marcas de mordedura por todo el cuerpo, principalmente en el cuello y parte de la cara, según el informe del forense, Nava pudo haber fallecido desangrado o choque hipovolémico.

Con la muerte del profesor Nava ya suman tres las muertes de personas relacionadas a la Secundaria 60, después de la localización del joven Edwin Vega hace dos semanas y la localización de la profesora Beatriz Mills, el domingo pasado.

Los tres cuerpos fueron encontrados en circunstancias similares, en el basurero y con marcas de dientes por todo el cuerpo, La policía sospecha que el responsable puede tratarse de un perro posiblemente de raza rottweiler, infectado de rabia...

La mujer cerró el periódico, no pudo terminar de leer la nota, era demasiado para ella, no solo porque no le gustaban los obituarios ni las notas rojas, sino porque de alguna manera le resultaba doloroso, no podía creer que después de casi un mes no hubieran atrapado a ese perro que primero había matado al pequeño Edwin, y ahora a dos profesores, ¿Qué tanto hacían los policías en su supuesta investigación? ¿Dormirse?

Estaba sentada en el comedor, se sentía un poco preocupada, no le gustaba que su hijo saliera a la calle, y ahora menos mientras ese perro asesino anda suelto por ahí, pero bueno, los chicos son chicos y no había nada que pudiera hacer para evitar que su hijo saliera a divertirse ¿no?

Carlos bajó corriendo las escaleras, se preparaba para salir, pero se detuvo en la sala para despedirse de su madre.

— Voy a salir Má, regreso al rato — anunció

— Claro que si Carlitos, solo te pido que tengas muchísimo cuidado ¿sí? — respondió su madre con preocupación.

— ¿Cuidado? ¿Pero de qué? — Preguntó Carlos un tanto confundido

— ¿Cómo que de qué? — Exclamó la mujer — ¿No has visto el periódico? Tu profesor de matemáticas murió, en un ataque.

— Ahhh, eso — Dijo Carlos sin darle importancia — No hay problema Má, voy a estar bien.

— No lo tomes tan a la ligera, es algo serio — Dijo la mujer alzando un poco la voz — La policía cree que se trata del mismo perro que mató a Edwin y a tu maestra de Física...

— Pues tal vez no debería haberme reprobado por algo tan tonto como los márgenes del cuaderno — Interrumpió de repente Carlos.

— ¿Qué dijiste? — Preguntó su madre sorprendida.

— Nada — Cada vez se le hacía más fácil mentir a su madre — Solo que... No era una persona que... me simpatizara mucho.

La mujer se levantó de la mesa y se acercó a su hijo.

— Discúlpame, es que me preocupo mucho, han pasado muchas cosas y no quisiera que algo te sucediera a ti, así como fue Edwin, pudiste ser tú, no sé qué haría si llega a pasarte algo así.

Carlos sonrió, su madre retrocedió un poco ante esa sonrisa, como si se hubiera espantado.

— Mami — Comenzó — Lo que le pasó a Edwin no me va a pasar a mí, ni hoy, ni mañana, ni nunca — Su sonrisa se ensanchó — Estoy protegido.

— ¿Protegido? ¿Pero....

— No importa mami, no me va a pasar nada — Su sonrisa se ensanchó aún más — Te lo prometo.

Le dio un beso en la frente a su madre y salió a la calle.

Era verdad, había un perro suelto en la calle, y si, había asesinado a tres personas, pero no eran asesinatos al azar, eso era lo que los policías y su madre ignoraban, ese perro nunca mata por azar, se trataba de personas inútiles, personas que se habían metido con Carlos, personas que se habían atrevido a molestar a su amo ningún motivo.

Antes no podía hacer nada, tenía que conformarse con que los demás le hicieran lo que quisieran, creía que no había solución, pero él, la había encontrado, un guardián, un perro, un guardián eterno que lo protegería de cualquiera que lo molestara, lo libraría de todos ellos

Primero estaba Edwin, un bravucón sin cerebro que abusa de los más débiles, luego su profesora de Física, una solterona amargada que se aprovechaba de su autoridad para desquitarse con los alumnos débiles, y finalmente su maestro de Matemáticas, que desquitaba su frustración con los alumnos a quienes no se les daban las matemáticas.

¿Y quién seguiría?

¿Quién sabe?

Lo único que Carlos sabía es que era libre, nadie se atrevería a volver a molestarlo.

Nadie.

Jamás.

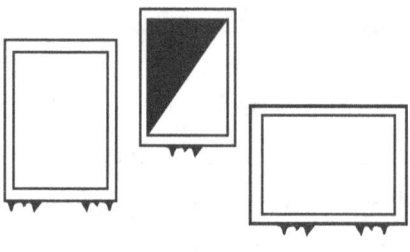

¿QUÉ PASÓ?

— ¿Qué pasó? — Preguntaba el joven, mientras trataba caminaba entre la gente del cuarto, pero nadie le prestaba atención.

— ¿Qué sucedió? — preguntaba el joven alarmado, pero nadie le respondía, era como si nadie en esa habitación pudiera escucharlo, como si lo ignoraran, nadie le prestaba atención.

— Por favor, necesito ayuda, alguien que me diga, ¿Qué pasó? — El joven continuaba buscando la respuesta — ayúdenme, quiero saber.

— ¿Por qué nadie me escucha? — Se preguntaba el joven cada vez más desesperado — ¿Por qué me ignoran? Escúchenme, por favor necesito saber — pero nadie le hacía caso.

La gente mayoría de los presentes estaban aglomerados en un punto del cuarto, había también gente sentada en sillones forrados de vinil, la mayoría de ellos parecían desolados.

Algo había pasado, algo terrible.

Él quería saber.

Pero nadie lo escuchaba.

— Por favor díganme, que alguien me diga ¿Qué fue lo que pasó aquí? — la desesperación de joven era cada vez mayor, pero nadie le respondía, la gente del cuarto lo pasaba por alto, como si no existiera.

— ¡YA ES SUFICIENTE! — gritó el joven completamente exasperado — ¿y qué si no quieren decirme?, no sé por qué no quieren hacerme caso, pero no me importa.

El joven salió del cuarto, se dirigía a la recepción del edificio, si en el cuarto no obtenía la respuesta, probablemente allí sí.

Pero se equivocaba.

Si tan solo hubiese esperado veinte minutos más, su pregunta habría obtenido respuesta, toda su desesperación se habría calmado, y se iría.

De haber esperado, podría haber visto como el cuarto se vaciaba, como la gente partía triste y desconsolada dejando al descubierto el ataúd de un joven de 25 años.

Un Joven que manejaba su motocicleta completamente ebrio.

Un joven que fue envestido por una pipa de agua.

Que ahora es tan sólo una sombra de su antiguo ser.

Que de ahora en adelante pasará toda la eternidad invisible e inaudible, y preguntándose una y otra vez:

¿Qué pasó?

SOLO

La sangre brotaba de la herida mientras caminaba.

El niño se tambaleaba por el asfalto; se preguntaba ¿por qué? ¿Por qué su hermano lo había hecho?

¿Por qué?, ¿Por qué lo había dejado ir?

Ahora lo sabía.

Había disparado la pistola contra sus padres, y luego contra él, después se puso el arma en la boca.

Primero lo había dejado huérfano y ahora lo había dejado solo.

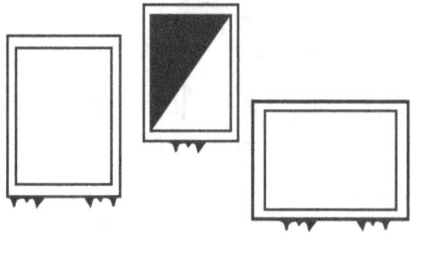

Un Ángel oscuro

Entonces levanté la vista; contemplé a un terrible y espantoso demonio con la cara de un ángel, y fue entonces cuando lo comprendí: El fin del mundo había llegado.

Su sola presencia hacía temblar el corazón de los más valientes, su sombra lo devoraba todo, el mundo estaba sumido en una ola de fuego, destrucción y miseria.

El ángel avanzaba por la tierra, arrastrando consigo un sendero de sangre y sufrimiento.

Una hermosa joven rubia, esa era la apariencia de la criatura, la más bella de las doncellas, engullida por una abominable oscuridad.

Corrompida por la más vil y despiadada de las maldades, convertida en una malévola mensajera de la aniquilación, y la desgracia.

Su bello rostro estaba decorado por unos ojos, que antaño fueron el reflejo de la más deslumbrante belleza, pero ahora no reflejaban nada más que el absoluto vacío dejado por la muerte.

El derecho aún conservaba un ínfimo destello de aquella belleza perdida hace, azul, como un cielo despejado, como el agua del océano.

El izquierdo, estaba plagado de aquella malignidad eterna, no había un ojo, su lugar lo ocupaba una horrorosa piedra, una fría perla, negra como la noche cerrada, pero sin brillo opaca como carbón.

Un grotesco hilo de sangre seca brotaba de la cuenca, recorría desde mejilla, hasta el brazo, una marca, un recuerdo, una dolorosa cicatriz de hace mucho tiempo.

Ella jamás sonríe.

El sólo mirarla llenaba de terror, verla fría, oscura y carente de alegría.

Mirarla a los ojos era como asomarse al temible abismo de un pozo vacío, para finalmente caer hacía esa negrura infinita.

Un mudo horror se apoderaba de la tierra cuando aparecía.

Su único móvil era destruir, avanzaba para aniquilar, matar y bañarlo todo con la sangre. Hombre, mujer, niño. Todo ser vivo que osara interponerse en su camino sufría la misma suerte.

Caos, dolor y sufrimiento, eran las huellas de su paso.

Su bello cuerpo desplegaba auténticos huracanes, tifones y tornados; tormentas que arrasaban todo a su paso. Pueblos y ciudades quedaron reducidos a nada más que escombros y ruinas.

Todo había acabado.

Sus delicadas y hermosas manos estallaban en poderosos ríos de fuego. Infernales llamaradas que lo devoraban todo, mares de llamas crepitantes que deformaban toda creación.

Centenares de inocentes reducidos a cenizas, carne humeante, mientras aullaban de agonía, engullidos por aquel abrazador fuego carmesí.

El fin estaba aquí.

En manos de este ángel, esta bestia con el rostro de una bella, doncella de la sangre y el sacrificio, mensajera del fuego y la muerte, verdugo de la humanidad.

Truenos y relámpagos invadían el cielo cuando ella aparecía.

Con su túnica purpura, anunciando la ruina de todos. La destrucción del tiempo, la muerte de los sueños y esperanzas, el fin de la vida.

Historia de un espejo

¡Hola! Quiero platicarles una historia. Es sobre una amiga, mi amiga, llamada Brenda. La conocí durante su bachillerato, ella se consideraba una chica muy especial ya que no había nada que no supiera acerca de modas. Mejor maquillaje ¿por qué no? pasarelas de moda, joyería; incluso usaba la mejor ropa de diseñador. Pensaba que todas esas cosas la hacían "la señorita popular", pero a decir verdad, la mayoría de las personas pensaba que ella estaba loca. ¿Y quién no lo creería?

Pasaba la mayor parte de su tiempo arreglándose el cabello y retocando su maquillaje frente al espejo de mano. Muchas veces los profesores tuvieron que ordenarle salir del salón, pues no prestaba atención a nada que no fuera, por cierto, su espejo. Su promedio escolar iba de mal en peor, aunque eso nunca le importó.

Es más: en vez de comer, después de clases se pasaba frente a su adorado espejo, admirándose. Algunos aseguraban haberla visto hablando con él como si estuviera vivo: platicaba, se reía, y le contaba cosas como a un confidente.

Brenda siempre llegaba a la escuela con un nuevo conjunto de moda refinada y, la verdad, todos los chicos babeaban por ella y las niñas se ponían verdes de envidia; cuando le preguntaban donde compraba el conjunto, ella siempre respondía lo mismo:

— Yo lo hice, es un diseño original, hecho para mí, por mí, con ayuda de mi mejor amigo y señalaba a su adorado espejo de mano.

Al escucharla, todos soltaban sonoras y ensordecedoras carcajadas: "una broma" pensaban, muy tonta eso sí, pero un chiste a fin de cuentas. No tenían idea de lo equivocados que estaban.

Todos los días era el mismo ritual: la muchacha llegaba de la escuela cada tarde, dejaba sus cosas en la sala, sacaba el espejo de la mochila y corría hacia su cuarto, se acostaba en la cama y hacía la misma pregunta: — ¿Qué debo usar? ¡Dime qué debo ponerme!

Y el espejo respondía con imágenes de Brenda ataviada con un conjunto nuevo y hermoso mientras gritaba insistiendo con una voz que sólo ella podía oír:

— ¡Hazlo! ¡Hazlo! ¡Si lo haces, serás la mejor! ¡Hazlo y todos morirán por ti!

Y ella obedecía. Se sentaba frente a la máquina de coser de su madre y escuchaba las instrucciones del espejo, las órdenes de su amo inanimado, un simple pedazo de cristal que reflejaba la luz, pero le hablaba, órdenes que sólo ella podía escuchar.

Lo cierto es que Brenda se pasaba noches en vela cosiendo, elaborando, confeccionando ropa y accesorios, todo lo que fuera necesario para verse increíble. Finalmente se bañaba, vestía su creación, se maquillaba para que nadie notara su desvelo, llegaba a la escuela y el ciclo quedaba completo.

—Yo lo hice con ayuda de mi mejor amiga — respondía la niña. — ¡Hazlo! ¡Hazlo! ¡Hazlo! — gritaba el espejo, y su esclava obedecía, cada día, cada noche, nueva ropa, Brenda continuaba el ritual... y, el ciclo se repetía.

La muchacha llegaba a la escuela cada vez más y más cansada, más y más débil. Sin embargo, nadie parecía notarlo, excepto yo, ni siquiera ella misma.

Pobre Brenda, jamás llegó a saber y menos a comprender lo que le ocurría, nunca descubrió que la fuerza d su cuerpo -por alguna razón– disminuía con cada nuevo conjunto. Creía ser la mejor, la más popular. Sin embargo, estaba desapareciendo, se iba. Pobrecilla, si se hubiera dado cuenta de su situación, si hubiera sabido lo peligroso que es obsesionarse con su apariencia... Si hubiera notado que ser esclava de un espejo es tan peligroso como serlo de una droga, si hubiera buscado ser libre, quizás las cosas no habrían terminado de ese modo.

Un día, mientras se pavoneaba en medio del patio de la escuela luciendo su más reciente arreglo, un vestido negro con seda de París, simplemente se desplomó pálida y deshidratada. Y sólo entonces la ilusión se rompió y todos, incluso Brenda, fuimos conscientes de su situación.

La ambulancia, llegó diez minutos más tarde, la llevó al ala de urgencias del hospital más cercano, y todos esperábamos que pudieran ayudar a mi pobre amiga.

Esta es la historia de mi amiga Brenda, una chica que terminó siendo esclava de su apariencia. Pero no se sientan mal por ella, ahora es libre, tan libre que ya no necesita quien le diga cómo vestirse. Ahora viste como ella quiere, y parece que le gusta. Ha ganado mucho dinero vendiendo toda su ropa cara y asiste a terapia de grupo. Ya tiene amigas de verdad. Ya no me necesita.

En cuanto a mí, honestamente yo no quería que las cosas terminaran así, pero bueno, no importa. Ahora tengo una nueva amiga, se llama Magali y es muy bonita, creo que es más inteligente que Brenda. Sí, creo que Magali es mucho más resistente, creo que tendrá el valor suficiente como para decirme que no y guardarme en el segundo cajón de su tocador.

EL HADA DE LOS DIENTES

Cuando se nos caen los dientes, nuestros papás siempre nos dicen que los pongamos bajo nuestra almohada, porque en la noche viene el ratón de los dientes y se lo lleva para dejarnos dinero a cambio.

¡Pero eso no es cierto! Y no me refiero a que no exista el ratón de los dientes, eso ya lo sospechaba desde hace tiempo, quien se lleva nuestros dientes durante la noche no es un ratón... es un hada.

Pero no es un hada como las que nos presentan en la tele o en los cuentos, es un hada diferente, el hada de los dientes.

La conocí un sábado hace dos semanas, me levanté como si nada y me fui a lavar los dientes, entonces me di cuenta de que una de mis muelas de leche estaba floja.

Le dije a mi papá, y prometió que me llevaría al dentista para que me la quitaran, sé que a muchos niños de mi edad les da miedo el dentista, pero no a mí, yo soy valiente, además el dentista me conoce bien.

Mi papi siempre nos lleva con mi tía que es dentista, así que no hay nada que temer, ella me quitó la muela muy rápido y no me dolió nada, luego me regresó mi muela en un estuche de plástico con forma de diente.

— Esta noche ponlo debajo de tu almohada — me dijo mi tía — y el ratón de los dientes se lo llevará y te dejará dinero.

Yo ya había empezado a dudar del ratón de los dientes desde un día en que se me había caído uno de mis dientes caninos, y en la noche, después de que lo puse bajo mi almohada, escuché ruidos en mi cuarto, pensé que sería el ratón, pero era mi mamá, que estaba revolviendo algo en mi almohada, por eso, sonreí a mi tía y le dije que sí lo haría.

Esa vez que vi a mi mami en mi almohada, tenía nueve años. No quise decirle nada a ms papás, por alguna razón creía que me iban a regañar si les contaba, pero ahora tengo once y ya no estoy tan chiquito, además no estaba asustado, pero creo que debí hablar con mis papás antes de experimentar por mi cuenta.

Yo no sabía qué pasaría, y sólo quería averiguar si el ratón de los dientes realmente existía o no, así que esa misma noche, aprovechando que mi tía me había quitado la muela, fingiría ponerla bajo mi almohada, y me haría el dormido, para ver si durante la noche venía alguno de mis papás a llevárselo, así dicho parecía una buena idea.

Y eso fue lo que hice, les dije a mis papás que pondría mi muela bajo la almohada, pero en lugar de eso puse un pedazo de mi goma de borrar blanca. Ya en mi cama le di las buenas noches a mi mami y cerré los ojos. Sentí cuando apagó la luz y escuché cuando cerró la puerta.

Quién sabe cuánto tiempo estuve con los ojos cerrados, creo que hasta llegué a dormirme de verdad, no sé, no me acuerdo bien, quizá había pasado mucho tiempo, estaba a punto de darme por vencido, cuando de repente escuché cómo la puerta de mi cuarto se empezaba a abrir.

Entonces recordé mi plan y abrí los ojos inmediatamente, creo que esperaba ver a mi mamá o a mi papá en mi cuarto, pero no era ninguno de ellos, lo que vi me dejó boquiabierto:

En la puerta de mi cuarto había una niña, se veía más o menos de mi edad, tenía el pelo castaño lacio, traía puesto un vestidito rosa decorado con flores, tenía unos grandes ojos saltones de un color muy parecido al de la miel, pero lo que más me llamaba la atención eran sus alas, sí la niña tenía alas.

Eran unas alas muy extrañas, se parecían mucho a las alas de los cisnes que siempre alimentaba cuando mis papás me llevaban, al lago. Estaba paralizado, mudo o algo así, esa niña era lo más bonito que hubiera visto en mi vida.

No me atrevía a hablar, vi como la niña se abría paso entre el desorden de mi cuarto y se acercó a mi cama, se agachó para acercarse a mi almohada, fue entonces cuando ella volteó y se dio cuenta de que yo tenía los ojos abiertos y la miraba.

La niña dio un pequeño grito mientras retrocedía, se veía asustada.

— ¿Estás despierto? — me preguntó la niña

— S..sí — respondí yo

— Perdón — dijo ella — es que nunca antes me había encontrado a nadie despierto cuando vengo, generalmente todos están dormidos.

— ¿Cuándo vienes? Fue lo primero que comencé a decir, luego pregunté — ¿quién eres?

— ¿No me conoces? ¿Qué tus papás no te han hablado de mí? — respondió ella

— De hecho no — expliqué un poco más tranquilo, mala idea.

— Bueno — Dijo ella con una sonrisa muy orgullosa— yo, soy el hada de los dientes, soy yo quien se lleva los dientes que los niños que ponen bajos sus almohadas.

Me levanté rápidamente y me paré sobre mi colchón, no podía creer lo que estaba pasando, por un lado yo tenía razón acerca del ratón de los dientes, y por el otro algo increíble estaba sucediendo en mi propio cuarto.

— ¿En serio eres un hada de verdad? ¿Como las de los cuentos? — le pregunté muy emocionado, grave error.

— Sip — respondió

— ¿Cómo te llamas?

— ¿Nombre? — Comenzó a reírse de manera muy brusca y ruidosa, me dio miedo que su risa pudiera despertar a mis papás.

— Mi nombre no importa, Tinker, Pixie, Lila, Kiré, Toothy, ¿a quién le importa?, tú llámame como quieras.

— Lo que importa— siguió ella— es lo que vine a hacer aquí.

— ¿Entonces eres tú quien deja dinero bajo mi almohada?

Volvió a reír — No, quien hace eso son tus padres, yo me llevo tus dientes porque los necesito, ahora si me disculpas...

Si no hubiera estado tan embobado por la belleza del hada, le habría advertido que lo que había bajo mi almohada no era un diente, sino más bien un pedazo de goma de migajón, pero no hice nada de nada.

El hada se acercó a mi cama, metió la mano bajo mi almohada y sacó lo que supuestamente era mi muela de leche, la observó durante un momento y se la echó a la boca.

Estaba a punto de decirle que no lo hiciera cuando el hada escupió, parecía asqueada, escupió varias veces más.

— ¿Qué demonios es esto? — Exclamó el hada, en su rostro se veía que estaba más que enojada, estaba furiosa.

— Yo...bueno...— Es todo lo que alcancé a decir.

— ¿Dónde está el diente? — El hada volteó a verme.

— ¡Yo vine por dientes! ¡Soy el hada de los dientes!, ¿Y me encuentro con esto? — Vociferaba.

— Bueno lo que sucede es que...

— ¡Quiero dientes! — Me interrumpió el hada — ¿Por qué no pusiste el diente bajo tu almohada? ¡¿POR QUÉ!?

— Espera déjame explicarte — comencé— lo que pasó es...

— ¡Todos ponen sus dientes bajo su almohada! — Volvió a interrumpirme — ¿Por qué tú no?

La cara del hada ahora parecía deformada, la belleza que había visto antes había sido sustituida por una fea mueca de dolor y furia, empezaba a asustarme.

— Es que no entiendes, yo quería...

— ¡No! — Me interrumpió por última vez — ¡Eres tú el que no entiende! ¡Necesito los dientes! Soy el hada de los dientes, me alimento de dientes, si no como dientes, me muero.

A estas alturas yo ya estaba muy asustado, a lo mejor si no hubiera tenido tanto miedo, le habría dicho que mi muela de verdad estaba en mi cajón, junto a mi ropa de la escuela, pero no lo hice, no podía decir nada, tenía mucho miedo.

— No me voy a morir —le escuché decir ya con voz un poco más baja— necesito dientes, y si no me los das, los tomaré por la fuerza.

El hada extendió sus alas de cisne y se elevó, se inclinó un poco, extendió sus brazos y se lanzó sobre mí.

Supongo que soy más listo de lo que creía, porque adiviné lo que el hada iba a hacer, y antes de que se me aventara yo brinque de mi cama y alcancé la perilla de mi cuarto.

— ¡Tu, vuelve aquí! — Fue lo último que le escuché decir al hada antes de cerrarle la puerta en la cara.

Corrí al cuarto de mis papás para despertarlos y avisarles, pero al ver que la puerta estaba cerrada comencé a tocar como loco, estaba haciendo un montón de ruido no entendía por qué no se despertaban.

— Ellos no pueden ayudarte — dijo una voz desde mi cuarto— no pueden oírte, ya me encargué de eso.

Esa voz se oía ronca y grave, como la de alguien que estuviera muy enfermo de la garganta.

De pronto, la perilla de mi cuarto comenzó a girar lenta y pesadamente, y poco a poco la puerta comenzó a abrirse. Por una rendija de la puerta comenzaron a asomarse unas garras, unas largas garras que eran del color de las figuras de obsidiana que coleccionaba mi mamá, y el hada salió de mi cuarto.

Sólo que lo que salió de mi cuarto no se parecía en nada a un hada.

Ya no se veía como una bonita niña de cabello castaño y ojos grandes; la cosa que salió de mi cuarto era una extraña criatura encapuchada, se parecía a las ilustraciones de la muerte que siempre veía en Halloween, pero mucho más pequeña, y su túnica no tenía mangas, y en vez de brazos, de ella colgaban dos largos tubos de carne pálida que terminaban en cinco largas garras.

—Yo vine por dientes, y no me iré de aquí sin dientes— su voz sonaba como si tuviera algo en la garganta que no pudiera terminar de tragar.

Y volvió a batir sus alas, sólo que ya no eran de cisne, ahora se parecían más a las alas de un murciélago, uno que se hubiera lastimado mientras trataba de volar entre un campo de espinos, Y fue sobre mí, otra vez.

Y corrí, corrí mucho mientras trataba de alejarme de esa cosa, estaba tan asustado que en ningún momento cruzó por mi cabeza prender la luz, lo único en lo que pensaba era huir, salvarme, escapar de esa hada que lo único que hacía era repetir:

— Dientes, dientes, quiero dientes, dame dientes — una y otra vez.

Sí, corrí, corrí. Pero a oscuras es muy difícil ver por dónde vas, y es fue lo que me pasó, al llegar a la sala tropecé con una de las sillas de comedor y fui a dar al suelo.

Traté de arrastrarme en la oscuridad, hasta que de pronto me topé con una pared, intenté levantarme, pero estaba muy asustado, y mis piernas parecían de gelatina; de pronto algo me agarró por el tobillo, y comenzó a arrastrarme.

— Por fin tendré mis dientes — Gruñó la cosa, y con sus largas garras comenzó a abrir mi boca con fuerza, después, me dijo la misma mentira que todos los dentistas nos dicen a los niños:

— Tranquilo, no va a dolerte.

Lo único que pude hacer fue cerrar los ojos mientras el hada arrancaba mis últimos dientes de leche, jamás pude ver la cara de aquella criatura, pues la raída capucha ocultaba su rostro entre las sombras.

Después, tal vez por el dolor, tal vez por el cansancio, me quedé dormido.

Y así amanecí, acostado en medio de la sala y con lágrimas en los ojos. No conté a mis papás sobre el hada, pues sabía que no me iban a creer, y además ya me habían regañado por dormir en la sala, así que decidí quedarme callado.

Hasta hoy.

Decidí contar la historia del hada de los dientes, no solo para desahogarme, sino para avisar a los demás, si algún otro niño llega a leer esto, solo quisiera decirle:

El ratón de los dientes no existe, pero nunca, jamás, por ningún motivo dejes de poner tus dientes bajo la almohada, porque el hada de los dientes quiere vivir.

Y tiene hambre

Mucha, mucha hambre.

NOTAS

Sé que la mayoría ni siquiera se molestará en leer esta sección, algunos lectores consideran esta sección, junto con la de "prólogo", innecesarias.

Muchos aficionados a la lectura no les preocupa demasiado el modo en que un escritor se inspira para crear tal o cual historia, cuento o novela, sólo quieren disfrutar de una buena obra literaria, o simplemente les da pereza. Así que si te saltaste la sección "Notas" no me sentiré ofendido.

Por eso la incluyo al final.

Pero si decidiste incluir "Notas" en tu lectura, en primer lugar, déjame darte las gracias por no omitir esta parte del libro, y segundo, dar una explicación rápida.

En esta sección me dedico a relatar los motivos que me llevaron a escribir cada una de las historias que acabas de leer, así como las circunstancias que inspiraron las ideas, y otros detalles que ayudaron a construirlas.

El objetivo principal es que los lectores vean que las ideas para relatos del género que sea (terror, fantasía, romance, drama, etcétera) pueden venir de diversas fuentes, y tratar que quienes lean mis historias, se sientan más integrados a ellas y ¿quién sabe? quizá también inspirarlos a escribir sus propias obras.

Así que si estás leyendo esto primero, sin haber leído ninguna de las historias del libro, permíteme ser el primero en decirte, de la manera más respetuosa y atenta posible:

¡FUERA DE AQUÍ!

Bueno, eso es básicamente lo que hallarás en el apartado "Notas", no quiero alargar esto demasiado, pues como ya mencioné, a la mayoría de las personas les da pereza leer estas palabras de introducción.

Así que sin más que agregar, demos paso a la sección "Notas" en "La Galería de las Pesadillas".

El ojo

En la historia de la literatura, ya son innumerables las ocasiones en que una obra literaria, ya sea poema, cuento o novela, ha servido como inspiración para una obra musical, sin importar el género al que pertenezca. La mayoría de las veces con resultados bastante buenos e interesantes.

Un ejemplo claro de esta relación entre las artes, es la canción "Macondo" del compositor peruano Daniel Camino Diez Canseco y la Novela "100 años de Soledad" de Gabriel García Márquez.

Pero, ¿Cuántas veces se ha visto que este proceso resulte a la inversa?

Sí, que una obra musical inspire a un autor para escribir una historia, pues, salvo mejor opinión de los lectores, yo creo que esto sucede con mucha menos de lo que muchos creen.

Pues ese fue el caso de la historia que decidí titular "El ojo", tanto la idea como su título están inspirados en una canción.

Por alguna razón, yo tengo un cierto gusto peculiar por la música de los años ochenta.

Sin embargo, antes de siquiera empezar a estudiar inglés, no tenía ni la más remota idea de que hablaban la gran mayoría de las canciones que me gustaban, y sólo las escuchaba por el ritmo pegajoso de su música.

Entre todos los éxitos de los ochenta, había una canción, que me gustaba, y de hecho aún me gusta bastante, la melodía es *interpretada por el grupo "The Alan Parsons Project", pero hasta que obtuve un nivel considerable de escucha del idioma inglés, no pude saber de qué hablaba la letra.*

Creo que los aficionados a la música ya pueden hacerse una idea de la canción a la que me refiero.

Exacto, se trata de "The Eye in the Sky", y aunque es cierto que la letra de esa canción fue compuesta para ser ambigua, muchas de sus estrofas en realidad llegan a dar escalofríos al traducirlas al español.

Y algunas de estas frases se me quedaron grabadas en la memoria con el paso de los años, algunas de ellas se repiten a lo largo del relato, o la mejor traducción que pude hacer de ellas.

Sólo faltaba darle estructura a la historia.

Entonces se me ocurrió la idea de escribir el relato en forma de diario, pues es un estilo narrativo que me llama la atención, y que disfruto mucho de leer, pues encierra un gran misterio el poder conocer la vida de una persona sólo por sus escritos.

Es interesante, pues el público, debe imaginarse e ir llenando las piezas en la historia, basado únicamente en lo que el protagonista deja en su diario.

Pero siendo el diario un objeto tan íntimo y privado para una persona ¿Cómo podrían el resto de las personas tener acceso a su contenido y leerlo?

Esa pregunta fue la que me llevó a iniciar el relato indicando que la protagonista, la pobre Helen Star, se había suicidado hace más de tres semanas.

Y para poder esclarecer las circunstancias del suicidio, los psiquiatras debían convencer al padre de la chica para que los ayudara.

Creo que el resultado es un relato escalofriante, pero entretenido y disfrutable de leer.

¿Y qué más? ¡Cierto! Ahora lo recuerdo.

A diferencia de lo que el Señor Star creía, las letras y números que aparecen en las anotaciones del diario de Helen, no fueron escritos al azar, están bajo dos tipos diferentes de encriptado o cifrado de texto.

El primero se conoce como cifrado "Atbash" y consiste en superponer el abecedario en orden, contra el abecedario al revés y sustituir cada letra por su respectiva contraparte, es decir:

La A por la Z

La B por la Y

La C por la X

Y así sucesivamente, sin contar la Ñ.

El segundo se llama "A1Z27" y es relativamente más sencillo, consiste simplemente en sustituir cada letra por su respectiva posición numérica en el alfabeto, es decir:

A por 1

B por 2

C por 3

Y así sucesivamente.

Yo no inventé ninguno de estos sistemas de encriptado, simplemente me pareció que Helen sabía que su padre querría leer su diario, así que trataría de ocultar cierta información.

Nada más que agregar, sólo disfruten la historia y diviértanse traduciendo.

Cilbana

Un día, quizá a mediados de 2015, no recuerdo bien, mi padre fue invitado a una parrillada en casa de un amigo. Y por diferentes circunstancias que en este momento no vale la pena mencionar, yo era la única persona de la familia disponible para acompañarlo.

La casa donde tuvo lugar la parrillada, era exactamente igual a la descrita en "Cilbana", y al igual que en la historia, las primeras horas fueron aburridísimas, pues no habían llegado muchos invitados, y la carne no estaba lista. Pero al final me divertí mucho y salí satisfecho del lugar.

Pero no alarguemos la anécdota.

Pasaron muchas cosas en la reunión, pero algo que despertó mi curiosidad, fue que cada vez que se agotaba la carne los anfitriones entraban nuevamente a la casa, se tardaban varios minutos y finalmente salían con una gran charola repleta de cortes de res y cerdo para asar.

Esto hizo que en mi mente estallaran diferentes preguntas, pero ninguna de ellas, ni el evento, fue lo que me llevó a "Cilbana".

Gracias a la parrillada ya me había planteado la idea de escribir un relato relacionado con canibalismo. Pero la idea estaba muy en el aire y no lograba concretar nada para escribir una historia completa.

Fue entonces cuando apareció (o más bien encontré), por llamarle de algún modo, "Mi Musa".

En honor a la verdad, debo decir que la clave para escribir "Cilbana" vino de una mujer, que desde mi punto de vista es una de las mujeres más atractivas que existen.

No se trata de alguien que conozca personalmente, lo más curioso del asunto, es que ella ni siquiera sabe de mi existencia.

Se trata de una modelo de nacionalidad rusa (por respeto omitiré su nombre) cuya foto encontré de pura casualidad mientras navegaba por la red.

Yo, al igual que la mayoría de los varones, disfruto mucho ver una mujer atractiva, es algo que se agradece, y cuando sucede por mi mente suelen pasar todo tipo de pensamientos. Sin embargo, si no se conoce bien a esa persona, no tenemos manera de saber lo que pasa por su cabeza. Así que, más allá de los piropos y chiflidos, no sabemos qué clase de persona pueda ser en realidad.

Y fue esta idea, en conjunto con la parrillada, lo que finalmente me llevó a escribir "Cilbana". La historia de una exuberante y seductora muchacha, aparentemente inofensiva, que invita a chicos a su casa con el único objetivo de comérselos, literalmente.

"Parrillada nocturna" era el título que originalmente tenía pensado para esta historia, pero decidí cambiarlo a "Cilbana", pues me pareció más impactante que el título fuese sólo un nombre, para que al leerlo, se entienda la importancia del personaje.

A estas alturas sólo queda por responder a dos cuestiones, que a mi parecer, son importantes para quienes hayan leído este cuento.

Primero: Si, ya sé que el nombre Silvana no se escribe como el de mi personaje, no es un error ortográfico, fue intencional.

La palabra "Cilbana" es un anagrama, ¿de qué?

Sólo diré que es una palabra que describe a la perfección las preferencias culinarias de esa muchacha. Usen la lógica y la respuesta aparecerá sola.

Segundo: No, no tengo ninguna fijación con las manzanas, en realidad es mi fruta menos favorita. Lo de "manzanita" sólo fue para hacer una especie de alegoría retorcida al mezclar las "costumbres alimentarias" de Cilbana con los apodos que suelen ponerse las parejas de enamorados. Pensé que sería lógico que le pusiera un apodo tierno al chico que le gusta.

Por último, debo decir que la modelo rusa ya mencionada inspiró al personaje que da título a la historia. Por lo tanto, salvo algunas diferencias, Cilbana está basada, al menos físicamente, en esa chica.

No quiero escribir su nombre, pues si mi historia alguna vez se populariza fuera de mi país (y espero que sea así), podría generarle problemas.

Pero si algún día llega leer esta historia y entiende el español, sólo hay una cosa que quisiera decirle:

Gracias.

Abierto toda la Noche

Cuando se ve una obra de arte, ya sea pintura, escultura o fotografía, cada quién interpreta lo que está viendo de una manera distinta. Eso es lo que hace tan atractivo al arte.

Y como ya mencioné en las notas de "El ojo", muchas veces las artes pueden retroalimentarse de maneras muy interesantes.

En el caso de este relato, lo que me inspiró a escribirlo, no fue una canción, sino una pintura. Una pintura que quizá para algunos será muy conocida, y para otros no tanto.

La pintura que inspiró "Abierto toda la noche", es la obra más emblemática creada por el famoso pintor estadounidense Edgar Hopper, y se titula "Nighthawks" o en español "Halcones nocturnos".

Si conocen la pintura (y espero que sí), sabrán que al contemplarla, uno puede imaginarse todo tipo de cosas al ver los personajes que aparecen.

Y en mi caso, la mente se llena de innumerable preguntas, sobre el origen y motivaciones de las figuras de la obra.

Y buscar la respuesta a estas preguntas fue lo que dio origen al este relato.

No quiero describir la pintura, precisamente porque me gustaría que la gente la buscara por su cuenta y pudiera apreciarla de manera distinta a la mía.

Otros dos detalles importantes en este relato.

El primero es que a mí me encantan los relatos basados o inspirados en pinturas, se me hace genial que las artes se combinen de esta manera.

Por ello es que "Abierto toda la noche" también está inspirado en los episodios de la magnífica serie de terror de los años setenta, que fue escrita y conducida por el estadounidense Rod Serling, "Night Gallery" o en español "Galería Nocturna".

Los que hayan visto la serie no me dejarán mentir.

El segundo es que, a diferencia de los demás relatos de esta antología, "Abierto toda la noche", no fue escrito de manera voluntaria.

¿A qué me refiero?

Pues a que este cuento era en realidad un ejercicio de inspiración para un curso de creación literaria que estaba tomando hace algunos años.

El ejercicio consistía en que el profesor nos mostraba una pintura, y cada estudiante debía construir una historia basándose en lo que la pintura les causara o ellos se imaginaran con ella.

Y la pintura elegida para el ejercicio fue precisamente "Nighthawks" de Edgar Hopper.

¿Qué opinan del resultado?

¿Ustedes se habrían imaginado algo diferente?

El perro en la basura

¿A quién no le agradan los relatos basados en anécdotas reales?

Pues por lo menos a mí sí, es interesante el modo en que un autor adapta situaciones de su vida a los escritos, o los utiliza como punto de partida para una historia.

Pues eso fue lo que sucedió con el relato que titulé como "El perro en la basura".

Hace algunos años, tuve la suerte de encontrarme por casualidad un perrito de juguete con la misma descripción del perro de la historia.

' Y me topé con él en circunstancias prácticamente idénticas a las de mi personaje Carlos: me mandaron por un kilo de tortillas *y sólo me sobró un peso de cambió el cual usé en una máquina de chicles, y cuando se quedó sin sabor, traté de tirarlo pero el bote estaba vacío, excepto por ese perrito de juguete.*

El resto de la historia, se me ocurrió a partir de la idea de que el perro es un animal conocido por su lealtad , y me pregunte ¿qué pasaría si un perro llevara su lealtad al extremo? es decir, si eliminara a cualquiera que a su dueño le molestará o estribara, por el simple hecho de protegerlo.

Así nació la idea del bravucón Edwin, y la aparente misión del perro.

Originalmente, este relato se llamaría "El perro de la muerte", pero ese título me parecía un poco trillado, así que lo cambié.

El cuento también iba a tener un final más feliz, con Carlos logrando deshacerse del perro antes de que pudiera hacer más daño.

Sin embargo ese final me parecía un tanto simple y abrupto, pensé que sería más interesante si el protagonista decidiera conservar al perro para que lo protegiera o mejor aún, si el perro controlara al chico para que lo conservara, añadiendo un epilogo o algo así.

Y de ese modo surgió el final definitivo de la historia.

Aún conservo el juguete que me inspiró a escribir este cuento, y si he de ser sincero, no tengo intenciones de tirarlo o deshacerme de él.

¿Qué Pasó? Y Solo

Yo, al igual que muchos escritores, disfruto de las historias cortas, pues se leen de manera muy rápida y pueden surgir de ideas demasiado simples.

No hay mucho que decir, el primero resultó a partir de una pregunta aparentemente sencilla y común.

Y el segundo de la elección de tres palabras al azar, sangre, huérfano y solo.

Escribir micro ficciones es un ejercicio muy práctico, ayuda a agilizar ideas y a economizar en el lenguaje.

Creo que todo escritor debería intentarlo alguna vez.

Un ángel oscuro

A diferencia de otros autores, yo no suelo escribir prosa versada, pues no me considero un buen poeta y además la belleza y el romanticismo no son mi fuerte.

Sin embargo, me agrada escribir relatos descriptivos, que resalten las características, tanto físicas como emocionales de los personajes.

¿A qué viene esto?

Pues a que este relato estaba pensado originalmente como un poema, pero como ninguna de las versiones me convencía, decidí cambiar de género.

Otro detalle importante de este cuento radica en mi gusto por las dualidades. Desde mi punto de vista, el mundo está lleno de ellas y el hecho de contraponerse constantemente, es lo que genera todo tipo de situaciones interesantes.

Y contraponer dualidades es lo que quise mostrar en esta historia.

Se me ocurrió que enfrentar la dualidad luz y oscuridad daría un toque siniestro al texto.

Un ángel se concibe como un ser de belleza, de bondad y luz. Pero al dotarlo de características negativas como maldad y oscuridad, el resultado de estas contradicciones fue un personaje muy interesante.

Espero que este relato sea del gusto de los lectores, en primer lugar porque disfruté mucho escribiéndolo, y en segundo lugar, porque planeo retomar al personaje, a este "ángel oscuro" en alguna obra posterior.

Estén al pendiente.

Historia de un espejo

Las ideas que me llevaron a este relato son relativamente sencillas y hasta graciosas en cierto modo.

Como la mayoría de los varones, conozco de primera mano el tiempo que tardan las mujeres en arreglarse. También sé que casi todas traen consigo un espejo de mano en su bolsa, ya sea para retocar su maquillaje o simplemente para admirarse.

Sin embargo, algunas chicas, en serio exageran, todo el tiempo se están viendo, y no miran otra cosa, como si fueran esclavas de los espejos o algo así.

Y de ahí surgió este relato. La historia de una chica que literalmente es esclava de su espejo y de su apariencia.

Pero para demostrar la soledad y frialdad que esto implica quise cambiar de perspectiva y poner como narrador precisamente al objeto que da título al relato.

Existen muchas maneras de entender e interpretar este cuento, así que lo dejo a criterio de cada quién.

Sin embargo no creo que muchas personas tengan ganas de mirarse al espejo después de leer esta historia.

El hada de los dientes

Cuando era niño solía leer muchos cuentos, en especial de fantasía, cuentos con personajes llenos de magia y colorido: magos, duendes, brujas, princesas, y hadas. Los cuentos infantiles están hechos para crear una atmósfera agradable y simpática para los pequeños, creo que todos crecimos escuchando o leyendo algunas de estas historias.

Y a pesar de todos estos años, no he perdido mi gusto por las historias infantiles, independientemente del género predilecto para mis relatos.

Sin embargo, nunca se me hubiera ocurrido escribir un cuento de hadas, simplemente considero que no tengo el tacto suficiente para escribir historias con tanto colorido.

O eso creía.

La idea para el hada de los dientes, surgió de una novela, se trata de uno de los mejores libros que he leído, escrito por uno de los mejores redactores de historias fantásticas que conozco, uno de mis amigos más estimados, y que, a diferencia de mí, sí tiene el tacto para escribir historias alegres llenas de luz y colorido.

Estoy hablando de "Kiré, el Hada a quién amé" de René Rensoli.

No voy a relatar detalles acerca de esta estupenda historia, pero diré que sobre cualquier otra obra o cuento o, esta novela fue la que inspiró el cuento que leyeron.

Tras leer "Kiré, el Hada a quién amé" comencé a tantearme la idea de escribir un cuento con tintes infantiles, que tuviera como principal atractivo la aparición de un hada.

Pero me conozco bien, y he leído suficientes cuentos como para no querer contar una historia de hadas convencional. Quería una historia con estilo infantil pero que fuese diferente.

En la mayoría de las historias el hada es presentada con una criatura buena, adorable, simpática y alegre. Me preguntaba qué pasaría si la criaturita sólo fingiera, que todo ese bonito semblante no fuese más que un disfraz, una farsa para cubrir su verdadero ser.

Fue en ese contexto cuando vino a mi mente la pregunta que terminó dando forma a la historia: ¿Y si esta vez el hada fuera malvada?

El resto de los elementos surgieron de una combinación de experiencias, con mi dentista, que al igual que en la historia, es mi tía. Y la confusión que existe entre algunos niños de mi país con respecto a ¿quién se lleva los dientes, un ratón o un hada?

Cuando era niño le tenía muchísimo miedo al dentista, así que junté todo eso con mi idea del hada malvada y así resultó la idea de que fuese un niño quién narrara la historia.

Este cuento es, sin duda, el que escribí con mayor facilidad, las ideas fluyeron muy rápidamente, y lo terminé en menos de una hora.

Algunos dirán que estaba inspirado, pero yo creo que un poquito de la magia de Kiré se quedó conmigo y me ayudó a soñar.

Sólo mi amigo René Rensoli entenderá este último comentario, los demás deberán leer, "Kiré, el Hada a quién amé", lo recomiendo mucho, es un gran libro.

Por último, si algún niño leyó mi cuento y aún creía en el ratón de los dientes, quisiera disculparme por arruinar su ilusión, repito, no tengo mucho tacto.

Pero sí mucha imaginación para crear un perverso monstruo que se disfraza de niña para alimentarse por las noches.

Finalmente quisiera agradecer a todos los lectores, espero que les hayan gustado mis historias, sé que escribir terror no es sencillo, pero a mí me agrada.

Eso sería todo por ahora, espero no haber provocado muchas pesadillas...

Es chiste, en verdad espero haberlos aterrorizado y que estén temblando de miedo.

Hasta la próxima.

E. H.

www.ingramcontent.com/pod-product-compliance
Lightning Source LLC
Chambersburg PA
CBHW070803280626
47162CB00016B/1612